光文社文庫

アンソロジー　嘘と約束

アミの会

光　文　社

アンソロジー

嘘と約束

目次

Contents

自転車坂 …… 7 松村比呂美

パスタ君 …… 55 松尾由美

ホテル・カイザリン …… 97 近藤史恵

青は赤、金は緑 139 矢崎存美
効き目の遅い薬 195 福田和代
いつかのみらい 249 大崎梢
あとがき 319 矢崎存美
文庫版 あとがき 323 矢崎存美

自転車坂

松村比呂美

1

ダイニングのテレビに映し出された顔に見覚えがあった。

圭一《けいいち》は納豆をかきまぜる手を止めて、画面に顔を近づけた。

間違いない。以前、担当したことがある女性だ。

細面《ほそおもて》で唇が極端に薄かったので印象に残っていたのだ。左目の下に泣き黒子《ぼくろ》まであり、薄幸そうに見えた。

ローカルニュースのアナウンサーは、女性が起こした連続詐欺事件の手口を詳しく説明している。こんなに具体的に話したら、真似《まね》た事件が起きるのではないかと心配になるほどだ。

「大丈夫？　もう八時よ」

キッチンのカウンター越しに妻の声が飛んできた。

急いで納豆ごはんをかきこみ、身支度を整え、妻と二歳になる息子に見送られて家を出た。

通勤用のコンパクトカーに乗り、エンジンをかけると、キュイーンという妙な音がした。

この車もあと半年で十年になる。そろそろ買い替えどきか。

そんなことを考えながら、住宅街の道路を制限速度の三十キロで走った。

上の住宅地とは、何本もの急な坂でつながっている。上の住宅地に住む人たちは、大通りに出るために、細い坂道を通って下の住宅地までおりなければならない。ひと昔前の造成で、不便なつくりだ。

家を出るのが五分遅れただけなのに、いつもとすれ違う車や人が違う。

慎重に運転しなければ、と思った途端、目の前に自転車が飛び出してきた。

「うわあぁ！」

叫びながらブレーキを強く踏み込んだが、軽い衝撃があって、自転車が倒れるのが見えた。

乗っていた学生は、とっさに飛びおりたのか、転ばずに立ちすくんでいる。車のスピードが出ていたら、自転車ごと宙に舞っていただろう。

車を道路脇に止めてドアを開ける。

「大丈夫ですか？」

学生に駆け寄ると、坂からもう一台自転車がおりてきた。

「こいつ、ブレーキをかけないでおりていったから、危ないと思ってました」

飛び出してきた学生の友人なのだろう。同じ公立高校の制服を着ている。

「すみません」

ぶつかった学生が、こわばった表情のまま頭を下げた。

車のへこみを気にしているようだ。

「この坂をノーブレーキでおりるなんて無茶だよ」

圭一は、車を点検しながら言った。

バンパーが少しへこんでいる程度だ。これなら運転に支障はないだろう。買い替えろ、という暗示かもしれない。

「いつもはブレーキをかけてます。今日は急いでたから」

学生はしきりに腕時計を気にしている。

時間が気になるのはこっちも同じだ。会社に遅刻してしまう。

自転車はハンドル部分が少し歪《ゆが》んでいたが、後ろからついてきた学生がぐいっと力を加えたら、元の位置に戻った。

ホイールの錆《さび》が目立つし、かなり古いもののようだ。

「乗れるかな？」

圭一は、自転車のハンドルを動かしてみた。

動きがぎこちない気がする。

「これ、先輩のお古だし、学校にはほかの自転車もあるから……」

学生がサドルを触ったとき、手の甲にかすり傷があるのが目に入った。

自転車が倒れたときに擦《す》りむいたのだろうか。

「大丈夫？」

擦り傷を指差す。

「平気です。舐《な》めときます」

そう言って、学生は、本当に手の甲をぺろりと舐めた。

うっすらとにじんでいた血も見えなくなった。

「じゃあ、車のへこみはもういいよ。これからは気をつけて」

圭一はボンネットを軽く叩《たた》いた。

「はい。気をつけます！」

学生の表情が一気に明るくなった。

よく見ると、なかなか凜々《りり》しい顔立ちをしている。

「すみませんでした」

ふたりの学生は声を揃えて言い、サドルにまたがった。

やはりどこか不具合があるのだろう。ふらふらと揺れるように去っていく学生の後ろ姿に向かって、念のために、会社名と阿久津《あくつ》という苗字も名乗った。

学生は前を向いたまま頭を下げた。

声は届いたようだが、自転車が安定しないので、後ろを振り向けなかったのだろう。

代わりのように、友達のほうが振り返って頷《うなず》いた。

ふたりとも感じのいい学生だ。

しかし、姿が見えなくなるまで見送っているわけにもいかない。本当に遅刻してしまう。

圭一は、バンパーのへこみをもう一度見てから、車に乗り込んだ。

職場にはなんとか遅れずに着くことができた。

勤めているのは飲料メーカーで、手堅いイメージそのままの堅実でいい会社だ。圭一は、市場リサーチの結果を分析し、商品開発のためのデータを蓄積するマーケティング部に所属している。商品開発部との連携もうまくやれており、仕事は順調だ。

だが、最初からこの会社に勤務したわけではなく、大学を卒業してすぐに勤めたのは市役所だった。これで一生安泰だと両親は喜んでいたが、生活支援課に配属され、ケースワーカーとして勤務して一年で体調を崩して辞めることになってしまった。崩したのは体ではなく心のほうだ。

大学を卒業したばかりの、社会経験のない者に務まる仕事ではなかったのだ。

いや、圭一と同じような新卒者でも、きちんと対応できているケースワーカーはいた。自分の力不足だろう。相談者の悩みや苦しみに感情移入しすぎて、冷静に対応することができなくなり、眠れない日が続いて、結局、逃げ出してしまったのだ。

無理難題をふっかける相談者もいたが、ほとんどが、貧困や多重介護などの負の連鎖にはまって、もがいている人たちだった。

なんとか力になりたいと奔走した挙句《あげく》、心ならずも生活保護の不正受給の手助けをすることになってしまったこともある。逆に、調査に慎重になりすぎて、相談者が思い余って自殺を図ったこともあった。結果的には未遂に終わったが、それが仕事を辞めるきっかけとなったのだ。

休職ではなく、退職を決めたのは、あの現場に復帰しなければならないという思いが、症状の改善をさまたげていると感じたからだ。

失業保険をもらいながら新しい職を探す道を選び、三カ月後に今の仕事に巡りあうことができた。

今の会社で働くようになって、データを収集分析して、地道に積み上げていく仕事が自分に合っているのだとよくわかった。

妻とも今の職場で知り合い、息子がひとりでき、中古だが家も買うことができた。

この平穏な暮らしが、いかに貴重なものか、ケースワーカーの仕事を経験したので身にしみている。

今朝のニュースで取り上げられていた女性も、圭一がケースワーカー時代に担当した相談者のひとりだった。

もしかしたら、あのときの対応が悪かったのかもしれない。

もっとベテランのケースワーカーだったら、彼女がその後、詐欺に手を染めることもなかったのではないだろうか。

そう思うと、胃がチクリと痛んだ。


午後の業務も順調に進み、あと一時間で退社時間となった。

残業はなるべくしないようにという会社の方針に従って、午後五時になるとタイムカードを押すようにしている。

出世は望んでいない。この会社で定年退職まで堅実に仕事を続けていけたらそれで十分だ。

製品ごとの消費者の評価を、地域別、年齢別に分析していると、廊下が騒がしくなってきた。

ドアが開き、総務の女性が顔を出した。後ろに警察官が二人立っているのが見える。

何かあったのだろうか。

「阿久津さん、ちょっとお願いします」

総務の女性が、言いにくそうに圭一を呼んだ。

体がビクンと動く。

「何でしょうか」

周囲の視線を気にしながら、ドアのところまでいった。

「今朝、自転車と接触しましたね。ぶつかった相手から被害届が出ています。どうして警察に連絡しなかったのですか。このままではひき逃げということになりますよ」

警察官が、警察手帳を見せた。

「ひき逃げ？」

警察官は声を落として言ったのに、圭一が大きな声を出してしまった。

背中に視線を感じる。課内もざわついてきた。

「待ってください。ブレーキをかけずに坂をおりてきた自転車が、目の前に飛び出してきたんです。私は制限速度を守って慎重に走っていました。ぶつかった学生の友達が証言してくれるはずです」

圭一は、そのときの状況を必死で説明した。

「詳しい話は署で伺います。まずは現場検証です。どちらにしても、道路交通法第七十二条一項で定められている、警察への報告義務を怠《おこた》ったわけですからね。どんな些細《ささい》な事故でも、運転者は、必ず警察に通報しなければならないんですよ。加害者が報告を怠ると、刑罰の対象となります」

警察官が冷静な声で言った。

「私は、被害者のつもりでした。向こうがブレーキをかけずに突っ込んできたのですから」

頭に血がのぼっているのがわかる。きっと顔が赤くなっているだろう。

「車は完全に停止していましたか？」

警察官は、するどい目つきで圭一を見た。

「三十キロの制限速度を守って走っていても、止まれる状況ではなかったんです。誰が運転していても、直角の坂道から、ブレーキもかけずに突っ込んでこられたら、止まることはできないですよ。ミラーもなく、坂の様子を事前に知ることはできません。気をつけるのは、坂道をおりてくる車や自転車のほうじゃないでしょうか」

みんなに聞こえるように大きな声で言ったつもりだったが、緊張して、しどろもどろの説明になってしまった。

「交差点だった場合を考えてみてください。向こうが赤信号で突っ込んできたとしても、自転車だった場合、こっちにも過失があるわけですよ。完全に止まっていた、ということが証明できるのなら別ですけどね。少しでも動いていた場合は、自転車が百パーセント悪いということにはなりません。弱者救済です」

頭の中がぐらぐらしてきたが、警察官の言っていることも理解できた。

交差点で自転車とぶつかった場合、相手が信号無視して突っ込んだとしても、過失割合は、自転車が八十で自動車が二十だったと友人が言っていたのを思い出した。それを思えば、今朝の状況は、信号もなかったのだし、友人の場合より車の過失割合が大きいということだろう。

「とにかく、現場で説明を聞きましょう。子供のうしろには親がいることを忘れないでください。高校生の両親は、息子がブレーキをかけていなかった、ということには重きを置いていません。ぶつかって自転車を壊しておきながら逃げたとしか思っていない。手に怪我《けが》をしているのを知っていたのに放置したとも言っています。明日、精密検査を受けるそうです」

警察官の声はあくまでも冷静だ。

「平気です。舐めときます」と言っていた真面目そうな学生の姿が浮かんだ。

あれが、精密検査をしなければならないほどの怪我だったというのか……。

何が本当のことか、わからなくなってきた。

圭一は、警察官に促《うなが》され、鞄《かばん》を持って会社をあとにした。

紐でつながれているわけでも、腕を掴まれているわけでもないが、連行されているという気がしてならない。

廊下や玄関ですれ違う人たちも目を背けていた。

これが前科となって、会社を辞めなければならなくなったりしないだろうか。

失業したら、たちまち家のローンは払えなくなる。

息子は二歳になったばかりだ。

圭一は、鼓動が激しくなり、頭がぼうっとしてきた。

2

――自転車は買う必要ないよ。先輩からもらったボロ自転車が新品になったんだぜ。ノーブレーキで坂をおりて飛び出したんだから、こっちが悪いのに、何の罰もなし。弱者救済なんだってさ。しかも、擦り傷なのにバイトを三日も休んで、その間の休業補償まで出てさ。制限速度を守って運転してたほうが加害者だよ。弱者救済とか言うけど、これじゃあ、自転車は弱者じゃなくて強者だよな。お前、その自転車、そろそろ買い替えどきじゃん。だったら、スピードが出てない車に適当にぶつけて新品にしろよ。

尊《たける》は「自転車坂」と呼ばれている坂の上に立った。

ここをノーブレーキでおりると自転車が新しくなるという噂が校内に流れている。最初にこの話をしたのは尊自身だが、まだ誰も試していないようだ。

来月には、坂のある場所にカーブミラーが設置されるらしい。

これからはみんなが注意するだろうから、今しかチャンスがない。

尊は自転車にまたがり、衝撃に備えてハンドルをしっかり握った。

あまりスピードは出したくないが、ブレーキをかけながら走ったのでは、坂道から通りに出るときに膨《ふく》らんでしまった、という感じにはならない。

深呼吸をして、坂を見下ろす。

簡単だと思っていたのに、足が震えている。

坂を下った突き当たりの道路を走るのは、ほとんどが下の住宅地の車だ。みんな制限速度を守ってゆっくり走っているから、ぶつかったとしても大した怪我にはならない。

ペダルを軽く漕《こ》ぎながら坂をおりていく。

徐々にスピードが増して、顔に当たる風が強くなった。

自分の荒い呼吸が耳に響いている。

恐怖心が増して、喉《のど》がカラカラだ。

——だめだ。こんなことできない！

思い直してブレーキレバーを握ったとき、木の陰から人が飛び出してきた。

「わっ！」

強い衝撃と共に自転車が倒れ、体がアスファルトに叩きつけられた。

倒れたまま首を上げると、自転車の側におばあさんが倒れているのが見えた。

「大丈夫ですか」

痛む足をひきずりながらおばあさんの側に行った。

おばあさんは顔をしかめてうめいている。

「救急車を呼びます」

震える声で言い、携帯電話で119番通報した。

警察がくる前に、近所の人たちが集まってきた。

「おばあさんが、木の陰から飛び出して、自転車にぶつかってきたんです……」

尊は小声で繰り返した。

ぶつかるために飛び出してきたような人は避けようがない。

自転車がおりてきているのは見えたはずだ。木の陰から飛び出すなんて、まるで当たり屋じゃないか。

そう思ったとき、自分がしようとしていたことが、まさにその当たり屋だったことに気がついた。

弱者という立場を利用して、自転車を新品にしようとしたのだ。

法律は、弱いものを守るようになっている。
人と自転車では、間違いなく弱者は人間のほうだ。
僕はこれからどうなるのだろう……。
尊の背中を冷たい汗が伝わった。

3

後藤葉留美《ごとうはるみ》と名乗った相談者は、右目の周りに痣《あざ》ができていた。
見ただけで、誰かに殴られたものだとわかる痣だ。
提出された書類には二十九歳と書かれているが、もう少し上に見える。
葉留美は、夫の暴力に耐えかねて逃げてきたのだと、左腕のシャツの袖をめくった。
目の周りだけでなく、そこにも青痣がたくさんできていた。
「ひどいですね」
省吾《しょうご》は思わず顔をしかめた。
「携帯電話も、免許証も保険証も、全部、家に置いて逃げてきたんです。助けてください。実家も夫が押しかけるので、頼ることができません」

　葉留美はカウンターに突っ伏した。

「今はどこにお住まいですか？」

「家具付きの短期の賃貸アパートに住んでいます。一カ月だけ借りました。それを過ぎたら、もう行くところがありません。手持ちのお金もほとんどありません。どうか、一カ月の間に生活保護費を支給してください。よろしくお願いします。くれぐれも、家にも親戚にも知らせないでください。見つかったら、どんな目に遭《あ》わされるかしれません。何かあったら、アパートのほうに葉書をください」

　葉留美は書類を指差した。

　そこには短期型賃貸アパートの住所が書かれている。

「後藤さんは、お子さんがいますね？」

　書類には、三歳になったばかりの女の子がいることになっている。

「子供は連れて出ることができませんでした。でも、夫は子供には決して手を上げません。暴力は私にだけです。私は、いつも殴られたり、髪の毛をつかんで引きずりまわされたりしていました。それでも自分が悪いと思い込まされていたんです。夫の暴力が始まると、私は、亀になる、亀になる、と心の中で呟《つぶや》きながら体を丸めていました」

葉留美は、胸の前で手を握りしめて背中を丸めた。

「お子さんは、あなたが父親に暴力を振るわれているのを日常的に見ていたのですね」

暴力の嵐が過ぎ去るのを待って亀のように体を丸めている母親、その背中を容赦なく蹴り続ける父親、それを見ているしかない幼い娘、そんな様子が頭に浮かび、省吾の胸も苦しくなってきた。

「娘は、怯《おび》えながらも、見慣れた光景になっていたのだと思います。私も娘も、夫の暴力のスイッチが入ったら、それが切れるまで耐えるしかなかったんです。でも、娘の友達が遊びに来ていたときに、夫のスイッチが入ってしまい、私は、子供たちがいる部屋まで髪を引きずられていきました。そのときの娘の友達の顔は忘れられません。目を真ん丸にして、口をぽかんと開けて、そして、大声で泣き始めました。それで、やっと気付くことができたんです。私たち家族の状態が、異常だということに……」

そのときのことを思い出したのか、葉留美は体をぶるっと震わせた。

「生活保護は、基本的には、個人ではなく世帯で申請するものです。今の状況は、生活保護課ではなく、ＤＶの支援をしているＮＰＯ法人に相談したほうがいいかもしれません」

市役所と連携が取れているDV被害者救済のためのNPO法人がある。代表の加世田《かせだ》さんは信頼できる人だ。

「そうやって、たらい回しにするんですね。面倒な相談はよそに回して、助けてくれないんですね」

葉留美は追い詰められたような表情になっている。

「もちろん、申請が出たら、こちらで調査します。ただ、専門のシェルターで保護してもらったほうが、短期の賃貸アパートより安全だと思います。宿泊費用もかかりませんしね。生活保護費が支給されるまで、そちらで保護してもらうように相談されたほうがいいのではないでしょうか。市役所との連携もできていますし」

省吾は、DV支援の会の資料をテーブルの上に置いた。

代表の加世田さんは、自らも長年DV被害を受けてきた人で、きめ細かい対応ができている。シェルターに保護されている女性が、父親の暴力に怯えて暮らしていた子供たちが笑うようになったと言っていたことなども話した。

「シェルターに入ったら自立が遅れます。まずは生活保護を受けて、それから仕事を見つけて娘を引き取ります。どうか認可してください。助けてください」

葉留美は、頑《かたく》なにDV被害の会と関わることを拒否した。

数カ月でもいいから生活保護費をもらいたい、通帳も置いてきているので、支給されたら現金を受け取りにくる。そう繰り返した。

生活保護費の仕組みにも詳しいようだが、過去に生活保護を受けた記録は残っていなかった。

省吾は、さっきから妙な違和感を覚えていた。

母親が、手のかかる三歳の子供を置いて自分ひとりだけ逃げるだろうか。DV夫は子供には手を上げないと言っていたが、小さな子供がいたら、夫は会社に行くこともできないではないか。

「差し支《つか》えなかったら、右腕も見せてもらえませんか?」

葉留美は、体をビクッとさせてから、右腕の袖もまくった。

腕全体が、青黒くなっている。

どうやったらこんな痣ができるのか。

踏みつけられたり、腕をねじあげられたりしたのかもしれない。

とにかく、すぐに保護しなければならない状態なのは間違いなかった。

「お子さんのことが心配でしょう？　シェルターだったら、今すぐお子さんと一緒に暮らせるんですよ。専門のカウンセラーもいますし」

もう一度すすめたが、葉留美は首を横に振った。

ここまで頑なに拒否する理由はなんだろう。

「申請書を持ってきますので、しばらくお待ちください」

痣を見せたことで認められたと思ったのか、葉留美の表情が明るくなった。

結果が出るのは審査が終わってからだが、申請が受理されたら生活保護費が受給できると思っている人が多い。

省吾はいったん席を外し、市役所のパソコンで「後藤葉留美」を検索してみた。

名前の字が珍しいので、ヒットしたら本人の確率が高いはずだ。

検索の結果、同じ地区に住む、同年齢の後藤葉留美が、フェイスブックをしていることがわかった。

書き込みは友人限定で見ることができなかったが、プロフィール写真がアップされていた。

思った通り、相談に来ている葉留美とは似ても似つかない女性が微笑《ほほえ》んでいる写真だった。いや、似ていると言えば、少し似たところがある。もしかしたら親戚の女性の名前を騙《かた》ったのだろうか。そうでなければ、すらすらと住所や名前、家族のことなども書けないだろう。

他人であれ、親戚であれ、相談に来た女性は、生活保護費の不正受給という刑事罰の対象となる罪を犯している。他人の名前を騙ったのだから悪質だ。

ただ、このまま警察に通報しておしまいにしてはならない。

あの痣は、生活保護費の不正受給をするために故意につけたものではない。間違いなく、日常的にDV被害を受けている。黒くなった痣も多かった。それらは数週間前のものだろう。

今なら不正受給の罪も未遂で終わる。それに、誰かに脅されて申請に来たのだとしたら、彼女の罪はさらに軽くなるはずだ。罪に問われない可能性も高い。

彼女を脅して申請に来させた人物がいるとしたら、やはり夫だろうか。

すぐに保護できるように、警察だけでなく、DV被害の会の加世田さんに連絡をしたほうがいいだろう。

上司に報告して、警察の生活安全課と加世田さんに連絡を取ってもらうことにした。

「お待たせしました。必要書類を持ってきました。申請書と、収入、資産の申告書を提出してから、十四日以内に結果が通知されます」

生活保護費申請書類を女性の前に出した。

「ここで書きます。一日も早くお願いします」

彼女は、申請書にスラスラと書き始めた。

やはり、初めてとは思えない。

「書きながらでいいですから、少しお話を伺えませんか」

省吾が言うと、彼女はこくりと頷いた。

「娘さんのことを聞かせてください。お母さんと離れて、ひとりで身の回りのことができますか？」

「しっかりしています。何でもひとりでできます」

書きながら、はっきりした口調で答えた。

「それは頼もしい」

省吾は、彼女には本当に娘がいて、その子は三歳よりずっと上に違いないと思っていた。

娘の友達が遊びに来ていたときに、夫の暴力のスイッチが入った、という話は本当のことだと思うが、三歳くらいの年齢では、子供だけでは遊びに来ないだろう。親が一緒にいるはずだ。子供がひとりで遊びにくるのは、やはり小学校にあがってからではないだろうか。

「学校の成績もいいんでしょうね」

さりげなく聞いてみた。

「国語が好きみたいです」

そう言ってから、彼女の手が止まった。

自分が大きなミスを犯したことに気付いたのだろう。

「今なら間に合います。生活保護の申請をするように命じた人物から、DV被害の会や保護シェルターに近づくなと言われているのだとしたら、それが有効な手段だという証拠ですよ。シェルターにかくまわれたら手が出せないことがわかっているから、あなたを近づかせたくないんです」

詐欺師は用意周到だ。

「おっしゃっている意味がわかりません」

　彼女は、ふたたびボールペンを動かした。

「わかっているはずです。本当のことを言ってください。それが、あなたと、あなたのお子さんを助ける唯一の道です。生活保護費が支給されて、あなたをコントロールしている人の機嫌が良くなったとしても、それは一時的なことです。解決にはなりませんよ。お子さんと笑顔で暮らせる日が必ず来ます。そのお手伝いをさせてもらいたいんです。本当の名前を教えてください」

　省吾は粘り強く説得を続けた。

　彼女は、俯《うつむ》いたまま口を閉ざしている。

「警察に連絡しました。このままでは、お力になれず、警察に引き渡すことになってしまいます。誰かに強要されたとしても、黙っていたのでは同罪になってしまいますよ。両親ともに逮捕されたら、お子さんはどうなるんです？」

　警察という言葉を聞いたせいか、女性は、観念したようにぽつりぽつりと話し始めた。

「私の名前は、杉野智香《すぎのともか》です。後藤葉留美は、従姉妹《いとこ》です。主人に生活保護の申請をしてくるようにと言われました。主人は、ずいぶん昔の新聞記事を見つけてきたんです。

同じ女性が、妹や従姉妹になりすまして、一千万円もの生活保護費を不正に受給していたという記事です。ウイークリーマンションを借りて、ＤＶで逃げていると言って、親族への問い合わせを回避していたようです。違う市や区で、同時に生活保護の申請をしていました。夫は、ひと月だけ家具付きのアパートを借りるから、そのひと月の間に、できるだけ多く生活保護の申請をするようにと私に命令しました。小学一年生の娘は人質のようなものです。私が帰らなかったら、あの子はどんな目に遭うか……」

智香は頭が机につくほどうなだれた。

「お子さんのことはお任せください。万全を期して保護に向かいます。今、警察とＤＶ被害の会の代表がこちらに向かっています。あなたはもう気付いていますよね。今の生活がおかしいことに。お子さんの友達の表情を見たときに悟ったはずです」

「あのとき、子供を連れてすぐに逃げようとしました。でも、見つかって連れ戻されて、ひどく殴られて、今度こんなことをしたら、この子がどうなっても知らないからなと脅《おど》されたんです」

肩の力が抜けたのか、智香は大きく息を吐いた。

「大変な思いをされましたね。でも、ちゃんと本当のことを言ってくださったから、もう大丈夫です」

「生活保護課で、こんな対応をしてもらえるなんて思っていませんでした。私が後藤葉留美ではないことに、どうして気付いたのですか？」

「昔とは違います。今は、一般人でも、本名で発信する時代ですからね」

「ああ、葉留美さんはSNSを……」

智香は、すべてを察したようだった。

「それに、過去の不正受給の事例は徹底されていますから、それを元にケースワーカーは気をつけています。でも、あなたの痣を見たら、みんな、疑わなかったかもしれない。その痣を作った張本人だというのに、それを利用して不正受給を思いつくあなたの夫は……」

最低だ、人間のクズだ、という言葉は飲み込んだ。まだ、智香の夫ということに変わりはない。

「離婚できるでしょうか」

察したように智香が言った。

「今から病院に行って、診断書を書いてもらうことになると思います。暴力は、重大な離婚理由ですから、向こうは拒否できません。あ、ＤＶ被害の会の方が来ましたよ。彼女が親身になってくれます。そして、お子さんとふたりでの暮らしに生活保護が必要と判断されたら、そのときは、全力でサポートします。生活保護費が受給されるまでに手持ちの現金がなくなった場合も、生活福祉資金貸付制度を利用することができます。安心してください」

省吾が言うと、頷いた智香の目から涙があふれ出た。

我慢してきたものが一気に噴き出したのだろう。

まだ十分な説明をしていない段階だが、加世田さんは、智香の肩を優しく抱いている。

「私が来たからには、もうあなたをひどい目に遭わせないから」

女性にしては体格のいい、頼りになるこの人が、かつては、ぼろ雑巾《ぞうきん》のようになっていたことを省吾は知っている。加世田さんが作ったビデオを見たとき、ＤＶの恐ろしさを痛感したのだ。

智香の夫に罪を償わせるのは警察の役目だ。若いけれど、使命感あふれる、生活安全課の担当者の顔が浮かんだ。

まずは智香の娘の安全を確保して、それから、智香への暴行容疑で夫を逮捕ということになるだろう。

加世田さんとの強力なタッグなら、母娘《おやこ》のことをきっと救ってくれるはずだ。

なんとか最悪の事態は免《まぬが》れた。

今夜は、ケースワーカーの先輩でもある阿久津さんに会って報告したい。

阿久津さんは、若い頃にケースワーカーをしていたことがあり、さまざまな事例や、失敗談を聞かせてくれた。

その中に、智香と同じような例があった。

阿久津さんが対応した女性と同じだと思いながら話を聞いたので、小さな違和感も見逃さずに済んだのだ。

久しぶりに一緒に飲みたいとLINEをすると、すぐにOKの返事が来た。

阿久津さんとの約束までに少し時間があったので、省吾は、提灯《ちょうちん》職人だった佐野《さの》さんの家に寄ることにした。

中学時代に職人の仕事を見学する課外授業があり、それが縁で、省吾は夏休みの自由研究で「提灯の作り方」をまとめた。そのときに、忙しいにもかかわらず指導してくれたのが佐野さんだった。

その佐野さんが、生活に困窮しているということを知人に聞いてから、ケースワーカーとしてではなく、昔世話になった個人として、ときどき訪ねているのだ。おじいちゃんの家を訪問しているような気がしている。

優しかった祖父は死んでしまったし、両親との関係は、あまりうまくいっているとは言えない。

温めるだけで食べられる、日持ちのする惣菜をコンビニでいくつか買って佐野さんの家に持っていった。

「また来たんか」

佐野さんは足をさすりながら玄関まで出てきてくれた。

膝《ひざ》の痛みはますますひどくなっているようだ。

医療費は一割負担だが、それでも、ほとんど診察を受けていないらしい。

酷暑だった夏も、エアコンを使わずに扇風機だけで過ごしたと聞いている。

「ときどき、無性《むしよう》に佐野さんの顔が見たくなるんですよ。これ、食べてください」

省吾はコンビニの袋を差し出した。

「変わったやつだ」

「今日は約束があるから、すぐ失礼しますが、ちゃんと食事を摂《と》ってくださいよ」

「わかっとる」

佐野さんは、怒ったように言った。

七十九歳。提灯職人として、十五歳から技を磨き、日本の伝統を支えてきた人のひとりだ。

年金生活となっても、夫婦で支給されていた頃はまだよかったのだろうが、奥さんに先立たれた今は、支給額は六万円だけだという。節約して、病院にも行かず、適切な治療を受けない状態が続いたら、ますます膝は悪くなっていくだろう。頼れる親族はいないらしい。

そのことに気付いた知人が、ケースワーカーならなんとかしてよと省吾に言ってきたのだ。

「生活保護の申請をしてみてください」

何度も言ったことをまた繰り返した。

申請したとしても、受給できるという保証はない。親族で援助を申し出る人がいないか、預貯金、資産はないかなど、必要な調査をしてから結論が出るのだ。

それに、申請を促すのは本来のケースワーカーの仕事ではない。

担当している受給者の自立を支援するだけで手いっぱいだし、窓口に相談に来た人も、明らかに受給は無理だと思われる場合は、申請を断念してもらうのも重要な仕事のひとつだ。

昨日も、趣味の車だけは手放せないと言う相談者に、高級車を持ったままでは生活保護は受けられないのだと納得してもらうのに時間がかかった。乗らずに磨いて眺めているだけだ、大事な人形と同じだ。それまで取り上げるのか、と食い下がられたが、アパートの駐車料金もかかるし、車の維持費も必要だ。それに、高級車を持っていながら生活保護を受けることについて、周囲が黙っていない。

生活保護の受給については、外部にはわからないようになっているが、それでも、どこから漏れるのか、生活支援課には、連日のように、生活保護を受けている人がエアコンをずっとつけているとか、競馬場通いをしているとか、車を運転しているとか、居酒屋に入り浸っている、などの通報がある。

猛暑で連日エアコンを使うことは何の問題もないし、生活保護費で競馬をすることも禁止されているわけではない。ただ、勝った場合は収入として申告する必要があるし、競馬場まで通える人が働けないはずはない、という世間の疑問にもつながってくるのだ。連日、酔っている場合は、アルコール依存症の可能性や、身体的に問題がある場合が多い。

車についても、所持していないと生活に支障がある場合は例外として認められることがあるが、許可されていない人が運転しているという情報があると、抜き打ちで訪問調査を行うことになる。

担当している受給者の家を訪ねるのも、ケースワーカーの仕事のひとつだ。

省吾は、本当に生活保護が必要な人が、遠慮することなく、恥じることなく、生活保護費を受給できるようになるべきだと思っている。

そのためにも、必要としている人の予算をうばうことになる不正受給は許されることではない。

「これ、持ってけ。お守りだ」

佐野さんの手に、小さな提灯が載っていた。

細部まで本物の提灯そっくりだ。

「いつもありがとな」

佐野さんは、省吾の顔を見ずにぼそっと言った。

「大切にします」

省吾は、小さな提灯を両手で包み込むようにして、佐野さんの家を出た。

阿久津さんとの待ち合わせは、いきつけの安い居酒屋と決まっている。

年季の入ったのれんをくぐると、煮物のいい匂いがした。安いが、料理はうまいし、日本酒や焼酎の種類も多い。

入り口で一緒になった阿久津さんと、テーブルをはさんで座り、早速、今日の出来事を話した。

「DVを装って不正受給された話、教えてもらっててよかったですよ。知らなかったら騙されるところでした」

「あの事件を真似したんだろうか」

「その可能性はありますね。ただ、今回の女性は、本当にDV被害者だったんです。妻に暴力を振るった挙句に、その痣を利用して不正受給を考えるなんて最低ですね。ほんと、いやになりますよ」

省吾は、ほかにも、うまくいっていない案件をいくつか話した。阿久津さんに聞いてもらうことで、どこか安心できる。

「そう言いながら、もう三年じゃないか。よく務まっているよ。俺は一年で逃げてしまったんだからね。情けない話さ」

「そんなことないです。阿久津さんは僕の目標なんですから」

「それはまた低い目標だな」

笑いながら、阿久津さんは焼酎のロックグラスを傾けた。

高校二年生だったあの日、省吾は、先輩との約束に遅れると思い、焦っていた。自転車のブレーキをかけずに坂道をおりて、阿久津さんの車にぶつかってしまったのだ。

阿久津さんは、車がへこんだのに、もういいよ、と許してくれた。優しい人でよかったと思っていたのに、ハンドルの歪んだ自転車を見た母が、車をぶつけておきながら警察も呼ばないなんて、と怒りだした。手の甲の絆創膏《ばんそうこう》を見て、怪我をしたのに病院にも連れて行かなかったのかと、母の怒りは増していった。

名前も名乗らなかったのかと言われたので、ちゃんと教えてくれたと、会社名と阿久津という苗字を言うと、母は父と相談して、警察に通報してしまったのだ。ブレーキをかけずに坂道をおりた自分のほうが悪いのだと説明しても、母は、自転車と車が衝突したら、車が悪いに決まっているじゃないの、と言って聞かなかった。手の怪我も、なんともないと言ったのに、骨折しているかもしれない、精密検査をしてもらおうと、ますます大げさなことになっていったのだ。

病院でレントゲンを撮ってもらったが、単なる擦り傷と打撲で、湿布薬をもらっただけだった。

それなのに母は、打撲の痛みが取れるまで、アルバイトを休むようにと言った。もらえるものはもらわないと、と思っているのが感じられて、母のいやな面を見た気がした。

「なんか、いやになりますよ。うちの親といい……」

一番悪いのは、ひどい自転車の乗り方をした自分だというのに、母が事故を利用したかのように感じてしまい、心の中で母を責めてきた。それを肯定した父とも微妙に距離ができてしまった気がする。

母が、自転車と車がぶつかった場合は、自転車の補償もしてもらえるはずだと思い込んだのは、少し前に、知人から理不尽な事故の話を聞いたせいもあると思う。

知人は、雨の日に車を運転して、交差点で左折しようとしていた。自転車が傘を差して横断歩道を走ってくるのが見えたので、知人は止まって、自転車をやりすごそうとした。そこに、ふらふらと走ってきた自転車が倒れかかるようにして、ぶつかってきたのだ。

母の知人はすぐに警察に連絡をして、停車していたときに自転車が倒れてぶつかったと説明したそうだ。

だが、自転車に乗っていた学生は、車は動いていた気がすると言い、あとから電話をかけてきた親が、止まっていたというなら、その証拠を出せと因縁をつけてきた。

話をこじらせたくなかった母の知人は、自分が入っている自動車保険を使って自転車の修理をし、自分の車も車両保険を使って修理したのだ。

ドライブレコーダーが現在のように普及していたら、停止していたという証拠を出すことができたのかもしれないが……。

その話を聞いたとき、母は、「ひどい話でしょう?」と父にも省吾にも言っていた。

それなのに、省吾が事故を起こしたときは、「向こうは、明らかに止まっていなかったんだから、自転車を買い替えてもらえるはずよ」と言い張ったのだ。

何度言っても、「請求するから」の一点張りで、省吾は、母を止めることができない自分にも、母にもがっかりしていた。

「省吾のお母さんは仕方なかったんだよ。自転車が壊れるほどの事故だったのに、なかったことにされて、我慢ならなかったんだと思う。今はその気持ちがよくわかる。すぐに警察に連絡して、ちゃんと省吾を病院に連れていくべきだった。自転車も、先輩のおさがりだと言っていたし、古いからいいか、と思ってしまったけど、安全に乗れる状態じゃないことがわかっていたんだから、保険会社に連絡して、その補償も自分から申し出るべきだったんだ。警察に報告しなかった僕が悪いんだよ。お母さんを責めないでくれよ」

阿久津さんは、肘《ひじ》をついたまま、右手をゆらゆらと揺らした。

こうしていつも、阿久津さんは省吾の気持ちをほぐしてくれる。

「結局、こっちは、阿久津さんの車の補償を何もしなくて、自転車は新品になったし、本当に申し訳なかったです」

何度言っても言い足りない。

「車は、買い替えどきだったからね。ただ、警察官と一緒に会社を出たときは、これで人生、終わりかと思ったけどね」

阿久津さんは冗談っぽく言ったけど、本当にそんなふうに思ったのだろう。

「すみません」

「省吾が謝ることじゃないって。八年も前のことだし、警察では報告義務違反の点数を引かれただけで済んだし、会社も問題にしなかったんだしね。省吾の熱い手紙のおかげかもしれないけど」

阿久津さんは目を細めて省吾を見た。

省吾は母から、警察官が阿久津さんの会社に向かっていると聞いて、自分のせいで会社を辞めさせられることになってはならないと、それだけを考えていた。だから親にも内緒で阿久津さんの会社の社長宛に手紙を出したのだ。

阿久津さんは、ひどい自転車の乗り方をした僕を許して見逃してくれただけなのに、母が警察に通報してしまったこと、阿久津さんは、僕のかすり傷さえ心配してくれた優しい人で、決してひき逃げなんかじゃない、すべて僕が悪いんですと、下手な文章ながら必死で書いた。

会社では、省吾の手紙がなくても、阿久津さんのひき逃げを疑う人などいなかった。みんな、運が悪かったと気の毒がってくれ、どんな小さな事故でも、必ず通報しようと、社内で徹底されただけだったそうだ。

そんなときに届いた省吾の手紙は、恥ずかしいことに、会社で回覧されたらしい。

省吾は、手紙を出したことが両親にばれないようにと思い、住所は書かずに、自分の携帯電話の番号とメールアドレスだけを書いていた。

そのアドレス宛に阿久津さんからメールが届き、それからメールのやりとりが始まって、ときどき会うようになったのだ。

徐々に、親よりも阿久津さんに相談することが多くなっていき、大学受験のときも、就職活動のときにも相談に乗ってもらった。

阿久津さんに、省吾ならやれるかもしれないな、と高校時代に言われて、ケースワーカーの仕事に興味を持ったのだ。

社会福祉の学部のある大学を選び、社会福祉主事任用資格も取り、地方公務員試験を受けて合格した。

社会福祉関連職種として採用するところもあるようだが、省吾が住んでいる自治体では、行政職としての採用なので、どこに配置されるかわからない。

希望が通るとは限らなかったが、面接を受けるときに、ケースワーカーになりたくて志望した、ということを熱く語った。そのせいかどうかはわからないが、希望通りに福祉課に配属され、ケースワーカーになることができたのだ。

阿久津さんの車とぶつかった日、省吾の自転車のあとをついてきていた尊は、省吾が止めるのも聞かずに、「自転車坂をノーブレーキで走ったら自転車が新品になるぞ」と、言っていた。

尊は、省吾がブレーキをかけずに無茶な乗り方をしていたのを見ていたから、自転車が新品になって、一緒に行っていたコンビニのアルバイトも、あんなかすり傷で休んで、しかも、三日分の休業補償がもらえたと知り、世の中そんなもんなのか、と思ってしまったようだ。

「これじゃあ、自転車は弱者じゃないな、強者じゃないか」と言っていたが、尊は、その通りの事故を起こしてしまった。

自転車坂で道路に飛び出してきたおばあさんをはねてしまったのだ。

人とぶつかった場合、弱者はもちろん人間のほうだ。

幸い、おばあさんは骨折だけで済んだが、高齢だったので、半年の入院とリハビリが必要となった。自転車保険に入っていなかったら、大変なことになっていただろう。

尊も、尊の両親も、おばあさんが入院している病院に頻繁に見舞いに行っていた。

もちろん、尊の自転車は新しくなったりはしなかった。

省吾があのとき、ちゃんとブレーキをかけていたら、尊もこんなことにならなかった気がする。後悔してもしきれないが、尊は、省吾以上に反省していた。

「阿久津さん、お久しぶりです」

遅れてきた尊が省吾の隣に座った。

ＬＩＮＥに阿久津さんと飲むと書き込んだら、参加したいと言い出したのだ。

「今かかえている案件、参っちゃいますよ。事故に遭ってから車の運転が怖くなったから、娘を駅まで車で送り迎えすることができなくなったと言って、タクシーで送り迎えさせているんですよ。『こっちは何の落ち度もないんだから、今までと同じ生活をさせてもらいます』の一点張りで、もう一カ月。タクシーの請求書は増えるばかりです」

尊は現在、損害保険会社に勤めている。

自転車でおばあさんをはねてしまったとき、自転車保険に入っていたことで助けられ、損害保険の必要性を実感したようだ。

大学では経済学部で金融について学び、就職活動も損保会社に絞って、希望通りに就職できたのだ。

「一生、タクシーを使うつもりかな」

阿久津さんは「参ったね」と尊に同情している。

「さすがにそれは無理だし、心療内科で治療してもらったほうがいいんじゃないかと思って家に行ってみたら、普通に運転してましたよ。このままずっと乗れないと不便だから、今日、初めて乗ってみたと言い訳してましたけどね。でも、朝、車が多い時間に駅まで娘を送るのはまだ怖いとかなんとか言って……。事故を起こした途端、もらえるものはもらおうとか、この機会に楽をしようとか、そういう人が多すぎていやになりますよ。まあ、その気持ちはわかりますけどね。そんなことしてたら罰が当たるというか、ろくなことがないのも、身をもって知ってます」

尊は、運ばれてきたビールジョッキを手にした。

「尊も省吾も、今日は大変だったな。お疲れさん」

阿久津さんが音頭を取って、三人で乾杯となった。

尊も阿久津さんに話すと落ち着くようだ。

事故を起こして、母が警察に通報したときには、まさかこんな日がくるとは思ってもいなかった。

三人で酒を酌《く》み交わしていることが不思議に思える。

話はつきなかったが、そろそろ終電の時間が近づいてきた。

「これ、提灯職人だった人から、お守りにもらったんですよ」

省吾は、佐野さんにもらった提灯を鞄から出して見せた。

「すごいな。細部までちゃんと提灯だ」

阿久津さんも尊も感心して見ている。

お守りだと言って差し出した佐野さんの顔が浮かんだ。

今日はゆっくり話せなかったから、明日、また訪ねてみよう。

省吾は小さな提灯を揺らした。

パスタ君

松尾由美

嘘をついたことのない人、っていうのはたぶんどこにもいないと思うけど。だとしても、嘘の上手《じょうず》な人と、下手《へた》な人がいるのはたしか。下手な人っていうのは、「ああ、今、嘘をついているな」ってはっきりわかる人のことで、その場合「本当はどうなのか」「どうして嘘をついているのか」もだいたい見当がつく気がする。

とはいえ、もちろん、すぐにはわからないこともあって。

それで思い出すのは、昔——そう言うと大人は「たった十五年しか生きてないくせに」って笑うけど——小学校の時のことだ。

四年生の時、クラスに転校生がやってきた。

学年の途中、十一月のはじめにいきなりあらわれたその子は、男子で、どっちかというと小柄で、いかにも勉強ができそうな感じ。眼鏡をかけているからとかじゃなく、顔つきだけで頭がいいとわかる、そういうタイプ。

担任の先生がその子の名前を黒板に書き、今日からこのクラスの仲間になるとか何とか、ざっくりしたことを言って、

「蓮田《はすだ》君に質問のある人？」

ぼくたちの顔を見渡してたずねると、ひとりが手をあげ、

「どこから引越してきたんですか？」

それは転校生を迎える側としてごく普通の、ありがちな質問だったと思う。どこから来たのか。ここより寒いところなのか、暖かいところなのか、ひょっとしたら外国か。けれども蓮田君の答えは、

「いえ、別に、引越してきたわけじゃありません」というものだった。

え？　どういうこと？　意表をつかれたぼくたちに向かい、

「前からこの近くに住んでいます。といっても学区のはじっこのほうなので、みなさんと顔を合わせたことがなくてもおかしくはないでしょう」

理屈っぽくきまじめなしゃべり方で、蓮田君はそんなふうにつづけたのだ。

九歳か十歳のぼくたちはまだまだ幼く、転校生といえば遠くから引越してきたはず——そんな固定観念から抜け出すのはむずかしかった。当惑ぎみのざわめきを打ち消す

ように、

「苦手な科目は、体育です」

蓮田君は言い、これは「いかにも」という感じだったので、何となくみんなの気持ちがゆるんだ。そこへ、

「好きな食べ物は、パスタです」

あいかわらず大まじめに、蓮田君はそうつけ加えたのだ。

「だからみなさん、ぼくのことは蓮田君じゃなくて、パスタ君と呼んでもかまいません」

このせりふに笑いは起こったけれど、いくぶんまばらだった。秀才タイプの転校生が口にしたしょうのない冗談は、あまりに突然で、どこかちぐはぐな感じがぬぐえなかったのだ。

それでも印象的な言葉ではあったから、放課後、みんなが帰りじたくをしている時に、クラスのお調子者がそのことを蒸し返したのも不思議ではなかった。

「ねえねえ、蓮田君は、パスタがすごく好きなんだよね」

「そうだよ」

「どうしてそんなに？」

「まあ、伝統みたいなものかな」机の上でランドセルのふたを閉めながら、「うちの家族の」

「伝統？」お調子者は面食らったように、「っていうと、お父さんとか、お祖父《じい》ちゃんとか――」

「みんな」蓮田君はうなずいて、「パスタが大好き」

その日一日、あのあいさつをのぞけばずっとおとなしくふるまっていた蓮田君が、面白がって集まってきた連中の視線をものともせずに、そう言い切ったのだ。

「一番最初はひいお祖父ちゃんで、この人がうちの苗字を変えたんだよ。あんまりパスタが好きだから、もともと別の名前だったのを『蓮田』にしたんだ」

もちろん、聞いていた誰ひとり、本気で信じたりはしなかったはず。

でも半信半疑というか、「もしかしたら――いやまさか――」みたいな気配がみんなの頭の上に漂っているのがわかった。

ぼく自身はといえば、はっきり「嘘だ」と思っていた。前の年に亡くなったぼくのお祖父ちゃんが、駅前の喫茶店にいっしょに行くたび、「最近はスパゲッティのことをスパゲッティと言わないんだな」と言っていたのをおぼえていたから。

　パスタというのは、お祖父ちゃんたちでさえあまりなじみのない言葉のはず。もう一段上のひいお祖父ちゃんが、それにちなんで苗字を変えた――なんていうのはどう考えてもありえない話なのだ。

「じゃあ、晩ご飯はいつもパスタ？」

「そうだよ。台所には蛇口が二つあって、ひとつは水だけど、もうひとつはトマトソースが出る」

　これは誰が聞いても嘘だったが、「嘘でしょ？」という声があちこちから起こると、

「本当だよ。今度うちに見にくるといい」蓮田君はきっぱり言って、

「パスタをゆでる鍋は五種類、食べる時の電動フォークもある。先のほうが回転するやつで、長いパスタの時に便利だけど、やっぱり普通のフォークでうまく巻けないと、うちの家族とは認められない。

　家の中のいろんなものも、パスタの形をしてる。階段の手すりはフェットチーネっていう、長くて平べったいパスタ、椅子は貝殻の形のパスタ」

「でも、本物のパスタでできてるわけじゃないよね」

これは質問というより確認だったが、蓮田君は残念そうに首を振り、

「お祖父ちゃんが昔、本物のパスタで椅子をつくったことがあるらしい。でも『あれは失敗だった』と言ってた。六月とかの湿っぽい時期には、ふやけてぐにゃぐにゃになってしまったって」

またもや「嘘でしょ」の合唱が起こり、それに対して蓮田君は「だから本当だってば」とくり返す。

「ぼくが赤ちゃんの時は、ペンネのゆりかごで寝ていたし、今もベッドはラザニアだよ。さっきも言ったけど本物じゃなくて、形がそっくりっていうだけだけどね。マットレスが小麦色で、こんなふうに波打ってて、その上に白いシーツ。毛布は白で、掛け布団が焦げ茶色なんだ」

これを聞いた時、ぼくの中にはかすかな違和感があった。そもそも本当と思えないでたらめな話に、違和感も何もないのだが。

嘘、嘘、というみんなの声、蓮田君の「本当だから、今度見にきてよ」という言葉。それがくり返されるうちに、話の内容にあきれたのか、蓮田君のキャラクターとのギャップに居心地の悪さをおぼえたせいか、クラスの連中はひとり減り、二人減って、い

つの間にか残っているのは蓮田君とぼくだけになっていた。

そういうわけで、はからずも、二人で教室を出て昇降口へ、さらには校門へと向かうことになったのだ。

いっしょに帰ろう、とまで思っていたわけではない。現に蓮田君は校門を出るなり、

「じゃ、また明日ね」

そう言い置いてさっさと左に向かおうとした。右に行けばすぐに住宅地で、ほとんどの子はそちらに帰るから、ぼくもそうだと信じて疑わなかったのだろう。

「いや、ぼくもこっち」

「え、そうなの？」

ややうろたえた表情の蓮田君と、こちらも内心うろたえているぼくが、いっしょに左方向に歩き出すことになる。

左には体育館と市営プール、クリーンセンターが並び、そのあとも郵便局、ファミリーレストラン、大きな会社の建物などがつづく。

普通の家が多くなるのは十五分くらい歩いた先で、ぼくの家はそこにあった。そして蓮田君の家もどうやらそのあたりらしい。自己紹介の時に「学区のはじっこのほう」と

言っていたから、なかば予想のつく話ではあったけれど。

風変わりな転校生と、このまましばらく歩くことになりそう。

何か話さないわけにはいかない——といって「好きな漫画は？」なんてたずねても、「えっ、漫画？」とか言われそうな気もするし。

好きな科目をたずねてもよかったはず。自己紹介の時に蓮田君は「苦手な科目」のことだけ言って、すぐ「好きな食べ物」の話に移ったからだ。

とはいえ、蓮田君の雰囲気からすると、「算数かな」なんて言いそうな気がする。

ぼく自身は好きなのが図工で、将来「漫画家になれたらいいな」なんてぼんやり考えることもある。

いつも読む漫画（探偵もの）みたいなやつを実際に描いてみようとしたこともあるけれど、ストーリーを考えるのが大変で投げ出してしまった。

算数は苦手で、これは決してぼくだけの話じゃないはず。もし蓮田君が自己紹介で「好きな科目は算数」なんて言っていたら、たぶん「嫌味なやつ」という雰囲気になっただろう。

蓮田君もそれがわかっていて、あの時「好きな科目」のことは言わなかったのかも。

だとすれば、ここでそんな質問をするのはまずい。おたがい不幸になるだけだからだ。

ぼくは口が重くなり、蓮田君のほうもさっきとは別人みたいに黙っている。結局ぼくが学校のこと（担任の先生の人柄、靴箱のふたが開けにくい時の対処法など）をぽつりぽつりと話す形で、落ち葉の散らばる並木道を歩いていった。

歩くにつれ、蓮田君の態度がそわそわして、内心困っているのがわかり、長く考えるまでもなく理由もわかった。

みんなの前であれだけめちゃくちゃな話をして、「本当だよ」と請け合い、「うちに見にくるといい」とまで言ったのだ。

このまま二人で歩いて、蓮田君の家のところへ来たら、蓮田君としては「見にくる？」と誘うのが自然ということになる。

もちろん黙っていてもいいのだが、もしぼくのほうが「見せて」と言ってきたら——

蓮田君はたぶんそんなことを考えていたはず。だけどぼく自身は、あんな話を本気にしていないのはもちろんだし、「家の中を見せて」なんて言うつもりもなかった。

人が困っているのを見るのは好きじゃない。特別やさしくも親切な人間でもないけれど、もやもやした気まずい状況がいやなのだ。

蓮田君は明らかに困っていて、その顔を見たくないのだが、「嘘なのはわかってるから心配しないで」なんて言えばもっと困らせることになる——というわけで、ぼく自身もまた困っていた。

十五歳の今なら、解決策を思いつく。ぼくが自分の予定をでっちあげ、さりげなく話題にすればいい。「お母さんと出かける」でも、「留守番を頼まれてる」でも、とにかくまっすぐ帰らなきゃいけないことにしておけば万事解決。

でも十歳のぼくはそこまで頭が回らず、ただひたすらどこかで二人の行く道が分かれるか、またはぼくの家のほうが近ければいいのにと思っていた。蓮田君のほうもそこは同じだったはずと断言できる。

けれども、あいにく、そうはいかなかった。

住宅地にさしかかって最初の角を曲がったところに、特別大きいわけではないけれどかなり目立つ家がある。

まわりを囲む塀も、家そのものも赤レンガ（今思えば、本物のレンガを積んで作ったわけではなく、それっぽいタイルか何かを貼ったものだろう）、ただしいわゆるレンガ色よりもう少し赤黒いみたいな、どこか不吉な色。

それに加えて、ほかの家より少し塀が高く、窓も小さいのだろうか。何となくまわりを寄せつけない雰囲気が漂う。

いつも前を通るその家の表札には、今朝黒板で見た「蓮田」という文字が、くっきり彫りこんであったのだ。

ぼくはそれに気づき、蓮田君はぼくが気づいたことに気づく。二人とも立ち止まって、かなり気まずい状況になる。

ぼくのほうが気軽に「じゃあね」と言って歩き出せばよかったのだろう。けれども何となくタイミングを逃した形になってしまい、ぐずぐずしていると、

「あら、学校のお友達？」

声がする。道の反対側からやってきた女の人が、蓮田君に話しかけたのだ。

普通に考えて、蓮田君のお母さんだろう。髪の毛をうしろでまとめ、襟《えり》の開いたブラウスを着て、そのあいだの白い首がやけに長く見える。

パスタみたい、とふと思ったのは、蓮田君のあのでたらめな話が尾を引いていたのにちがいない。

「そう、広瀬《ひろせ》君」蓮田君がぼくの名前を言い、

「さっそく仲良くしてもらって、ありがとう」

お母さんの体つきは細いが、顔はややふっくらして、ほほえむと深いえくぼができる。ぼくは内心どぎまぎする。声もしぐさもものやわらかなのに、なぜか「怖い」と思った。すごくではないけれど、ちょっとだけ。

「今度、遊びにきてね」お母さんはつづけて、「でも今日はだめ、これから水道工事の人が来るから。たぶん何日かかかるはず」

それが嘘だとわかったのは、お母さんのほうを見た蓮田君の顔つきからだった。驚いたような、どこか感心したような顔。『ああ、なるほど』みたいな。『そうやってごまかせばいいのか』みたいな。

「だから、今度ね。週が明けたら」その日は木曜だった。「月曜か、遅くても火曜には、ちゃんと片づくはずだから」

ここで蓮田君がさっとお母さんのほうを向くと、

「ほんと?」食い入るように顔を見上げながらたずね、

「ええ」お母さんも蓮田君の目をまっすぐ見つめて、念を押すようにうなずく。「そのころには、ちゃんと」

蓮田君の表情が、雨の日にワイパーをつけた車の窓みたいに、目に見えて明るくなっていくのがわかった。

「じゃ、来週のいつか」ぼくに向かって、「遊びにきてね」

「うん」とぼく。

「大丈夫になったら、学校で言うから」

「わかった」

ここでようやく、「じゃあね」と手を振って、ぼくたちは別れていったのだ。


その日、晩ご飯の時に、ぼくは蓮田君のことを話した。

食卓はお母さんとぼくの二人だけ。きょうだいはいないし、お父さんは帰りが遅い。前はそれほどでもなかったけれど、最近は遅い日が増え、特に週の後半はたいていすごく遅くなる。

白いテーブルの向かい側にすわるお母さんに、パスタの話やなんかは抜きで、このへんに住んでいる子が転校してきたとだけ話す。

「蓮田さん？」お母さんは首をかしげる。特に知り合いではないらしい。

「その子、転校してきたってことは、それまで私立の小学校に通っていて、そこをやめたわけよね？」

なるほど、たしかに、そういうことになるのだろう。

「せっかく入った学校を変わるっていうのは、いじめでもあったのかしら？」

当時のぼくはつくづく子供で、今お母さんが言ったようなことは考えもしなかった。私立の学校をやめたのだろうとか、だったらその原因は何なのかとか。ぼくだけではなく、クラスのほかの子たちも同じだったと思う。少なくとも学校にいるあいだは。

本当のところ、と、鮭《さけ》のムニエルをお箸でくずしながら考える。蓮田君がうちの学校に転校してきたのは、いったいどういういきさつなんだろう。

「遊んでないで、早く食べなさい」とお母さん。

「はあい」

「トマト、残さないでね」

以前はトマトが嫌いでいつも残していた。それはそうだけど、学校に入るか入らないかくらいのずっと前の話だから、いちいちそんなふうに言わなくてもいいのに。

とはいえ、四年生になってもトマトは好きじゃない。青いやつは青くさいし、よく熟した赤いやつも、それはそれでなまぐさい気がする。

ちなみにトマトソースも苦手で、パスタもカルボナーラや、味の濃いミートソースは好きだけど、トマト味の強く出るシーフード系なんかは好きじゃない。

蓮田君とは好みが合わなそう。といっても、あの時の話はまったくのでたらめに決まっているから、本当にパスタやトマトソースが大好きなのかどうかわからないのだが。

つけあわせのトマトに酸っぱいドレッシングをかけ、味を消して食べながら、蓮田君のことを考えた。

秀才タイプの蓮田君にあまりにもふつりあいな作り話は、彼が前の学校をやめたいきさつと関係があるのか、それともないのか。

ぼくは断崖に立って、下の水面をのぞきこんでいた。

断崖といってもごつごつした岩ではなく、なめらかで下に向かってまっすぐ、左右はかすかな弧を描き、色は銀色がかった灰色。

学校のプールくらいある巨大な寸胴鍋《ずんどうなべ》で、ぼくはそのふちに立っているのだった。水が張ってあるけれど、冷たそうで静かで、どうやらまだ火はついていない。

鍋だから高さはプールよりずっと高く、どうやってここまでのぼったのか見当もつかない。それはともかく、火がつく前に降りなくちゃ。うしろ手にさぐると登り棒のようなものに触れ、ぼくはそれにしがみついて下に降りることにした。

降りながらよく見ると、それは何メートルもあるスパゲッティで、ゆでる前なので硬く、ぼくの体重を支えることができる。けれども束ごと壁に立てかけてあるだけらしく、不安定であぶなっかしいのだ。

下のほうから騒がしい気配。つるつるした床（ＩＨヒーターのパネルみたいな）の上をおかしなものたちが走り回っている。トマトだった。赤くて丸い体に、細い手足がついている。形からするとミニトマトだが、それでもぼくの頭より大きい。

どうやら料理の材料になるのがいやでパニックを起こしているようだが、だったらまっすぐ逃げればいいのに、むやみと行ったり来たりしている。しょせんはトマトだから、ばかなのだ。

それはいいけれど、走り回るついでに、ぼくがしがみついているスパゲッティの根元にやたらとぶつかる。そのたびにスパゲッティは揺れ、トマトのほうは、勝手にそこで潰れてしまう。

赤くどろどろして気持ち悪いが、それだけではすまない。潰れたトマトたちの水分で、スパゲッティが下のほうからやわらかくなってゆくのだ。冗談じゃない。早く降りないと——

ぼくはベッドの中で目をさました。

目覚まし時計の数字を見ると、十一時を少しすぎたところ。

大人が起きていてもおかしくない時間だし、以前ならこのくらいの時間には家の中で何かしら気配があった。テレビの音や水音、話し声なんかがかすかに聞こえてきたのだ。今はしんとして、何の音も聞こえない。

お父さんはまだ帰ってきていないのだろう。そしてお母さんは自分の部屋で眠っているのだろう。起こそうとしても起きないくらいにぐっすりと。何かに背を向けてでもいるみたいに。

夢だって見ていないにちがいない——ぼくはそう思って、自分がさっき見た変な夢のことを思い出し、そのきっかけになった蓮田君のことを考える。

自己紹介でいきなり、「パスタ君と呼んでかまわない」などと言い出した蓮田君。放課後にそのことを蒸し返されると、自分の家にあるというトマトソースの出る水道や、パスタの形をした家具のことを語った蓮田君。

嘘に決まっているそんな話をしながら、「本当だよ」「見にくるといい」とみんなの前でくり返した。

そのわりに、いっしょに帰った時のようすはおかしかった。ぼくが「家に行きたい」と言い出したらどうしよう——そう思ってひやひやしているのは明らかだったのだ。

嘘だとばれるのがいやなら、作り話なんか最初からしなければいいのに。それもあんなにばかばかしい話を。

ばかばかしい作り話をするやつなら、子供の世界には時々いる。ただしそういうやつは、誰かがうっかり「本当?」と言えば、「嘘に決まってるじゃん」と開き直るのだ。「本気にするなんて、おまえばか?」とか——

そこまで考えて、ぼくはふいに思いついた。

でたらめだとすぐにわかる作り話をして、「本当だから家に見にきて」とみんなの前で強調すれば、「行きたい」なんて言い出す子はまずいない。

もし言えば、「ばかじゃないの」とほかの子に思われるから。「あんなばればれの嘘を本気にして」と。

低学年の子でも本気にしないようなめちゃくちゃな話は、もしかしたらそれが目的だったのかもしれない。

ほかの子とは帰る方向が逆だから、帰りがけに誰かから「家はここ？　寄っていっていい？」と言われることはまずないけれど――と、蓮田君は思ったのではないだろうか。だとしても、転校生への好奇心から、学校にいるあいだに誰かが「家に行ってみたい」と言い出さないともかぎらない。

そう言わせないために、わざわざあんな話をした？

もしそうなら、蓮田君は、よっぽどクラスの子を家に入れたくない？

そんな気がする。そして、それは蓮田君ひとりが思っていることではないのだ。

暗い部屋であおむけに寝転び、天井にぼんやり浮かびあがる丸いライトを見ながら考える。もちろん、蓮田君のお母さんのことだ。

お母さんはぼくに「遊びにきてね、でも今日はだめ」と言い、「水道工事の人が来るから」と言ったのだが、それが嘘なのはあの時の蓮田君の反応からはっきりとわかる。

蓮田君だけでなく、お母さんまでが嘘をついている。

そうまでしてぼく（にかぎらずクラスの友人）を家から遠ざけたがっているとしたら。

蓮田君の家には、何かすごい秘密がある？

あの赤レンガの塀の内側に、何かとんでもないものが隠されているのではないだろうか。

そのために蓮田君が挙動不審になるような。「来週には片づく」とお母さんに言われて、ただならぬ安堵《あんど》の表情をうかべるような。

あんなに安心できるということは、それまでずっと緊張し、ストレスを感じつづけていたことの裏返しになる。

だとしたら、隠しているものというのはよっぽど――

ぼくはあることを思いつくと、「まさか」とつぶやいて、毛布を鼻の上まで引き上げた。

そんなことが頭に浮かんだのは、いつも読んでいる漫画の影響かもしれない。事件が起こり、それを探偵が解決するやつ。

蓮田君の家で事件が起き――要するに犯罪が行われ、家の中にその痕跡が残っているのでは？

簡単には片づけられず、何日かかかるとしたら、痕跡というより証拠？　しかもそれなりに大きく、処分が大変な――

そう、ぼくが考えたのは「死体」のことだった。犯罪の中でも一番悪いことの、一番恐ろしい証拠。

一足飛びにそこまで考えてしまったのは、漫画のせいだけではなく、いくつかきっかけがある。

ひとつは蓮田君の家そのもの。塀が高く窓の小さい、いかにも秘密を隠していそうな形、そしてあの壁の色。

普通のレンガ色より黒っぽい赤が、どこか不吉に見えると思ったのは、その色が「血」に似ているからだ。

それから蓮田君の作り話に登場したいくつかのこと。水道から出るトマトソースや、ラザニアの形のベッド。

波打つ小麦色のマットレスに、白いシーツ、白い毛布に焦げ茶の掛け布団。蓮田君はそう言っていたけれど、ラザニアといえばパスタの上にホワイトソースとミートソース、二種類が交互にかかっているものなのに、「白」が二つつづくのはおかしい。

聞いた時のぼくの違和感はそれだったが、でも考えてみれば、シーツと毛布のあいだには人間の体が入るのだ。それが「ミートソース」ということなのかも——

ぼくは頭を振る。恐ろしいことを連想したきっかけは、あの家や蓮田君の作り話だけではなく、本当はもうひとつあった。

ほかでもない、蓮田君のお母さんだ。というよりお母さんの深いえくぼや、白く長い首筋。

見ていると心のはじっこのほうがぞくぞくする。そんな気持ちの名前がわからず、わからないものは怖いから、お母さんのことを「怖い」と思ってしまったのだろう。

ぼくは毛布にいっそう深くもぐりこみ、「死体」のことを考える。

家の中にそれがある状況なら知っている。去年お祖父ちゃんが亡くなったあと、体が病院からうちに運ばれてきたのだ。

お祖父ちゃんが見慣れない着物姿で布団に寝かされ、白い布がかけられ、すっかりようすの変わった部屋にろうそくの明かりがゆらめいていた。

お父さんやお母さんといっしょに、しばらくそこにすわらされて、当時三年生のぼくは怖かった。好きだったお祖父ちゃんの、病院で静かに亡くなったあとの体でさえ。

もし、殺された人の体が家にあったら、どのくらい怖いことだろう。

いや、ぼくは自分の考えにブレーキをかける。

そんなことがあるはずがない。いくら何でも。

殺された死体、なんて言えば、殺した人がいるはずだが、いったい誰だというのか。

蓮田君というのはありえないから、あのお母さん？

それだってどう考えてもありそうにない。毛布から顔を出し、あれやこれやの考えを追い出そうと、頭を左右に振る。

振るのをやめると、家の中の物音が耳にとびこんできた。

実際には物音なんて何もなく、「何もないこと」がとびこんできたのだ。

眠っているお母さんも、帰ってこないお父さんも、さっきからずっとそのまま。

今、この家に死体はないけれど、何かが死んでいるのはたしか。

ぼくは毛布をはねのけ、ベッドから抜け出すと、パジャマの上から厚手のジャージとフリースの上着を身につける。

こっそり玄関を出て、ドアを静かに閉め、そのあとは小走りになった。

蓮田君の家の前は数えきれないくらい通っているけれど、夜のこんな時間に来たのははじめてだ。

街灯のぼんやりした光だと、ぼくが「不吉」と言った赤黒い色も、まわりを寄せつけないような家の形も、昼間ほどには目立たない。

高い塀に囲まれて一階はまるで見えないが、あとずさりすると二階の窓が見え、中のひとつがうっすらと明るいのがわかった。

カーテンのすきまから見える小さな光が、あの時お祖父ちゃんのいた部屋と同じように、ゆらゆらとゆらめいていることも――

まさか。

まさか、本当に。

ぼくは回れ右して、走り出した。

実際に悲鳴はあげなかったはずだが、頭の中でずっと叫んでいた。

怖くて、むちゃくちゃに走って、黒っぽくやわらかい何かに頭からぶつかった。

ざらざらした布が頰をこすり、ぼくの知っているにおいがした。ウールと石鹼、そしてかすかな煙のにおい。

「トモキじゃないか。こんな時間に」

よく知っている声が言う。ぶつかった相手はお父さんで、場所は家のすぐそばだった。

「どうした？　泣きそうな顔をして」ぼくの顔をのぞきこみ、「とにかく、家に入ろう」

お母さんと晩ご飯を食べたテーブルで、お父さんが作ってくれたホットミルクを飲んだ。

二階からは何の音もしない。お母さんはあいかわらず眠っているのだろう。

やかんのお湯が沸くシューシューという音。お父さんが自分用のコーヒーをいれると、

「落ち着いたら、何があったのか話してごらん」

向かい側にすわって、ぼくの顔をまっすぐ見ながらうながす。

ぼくは話した。今日（もう日付が変わっているとしたら、昨日）学校であったこと、そのあと帰り道であったこと。

蓮田君の言ったことやしたこと、それについてぼくの考えたこと。じっとしていられなくなって家を抜け出し、蓮田君の家に行って、そこで見たもの。

お父さんは時々うなずくだけで、何も言わずに話を聞く。

話の最後——ぼくが走っていってお父さんとぶつかったところまで聞き終えると、

「まあ、無理もないのかな」

お父さんは腕組みをして、静かな調子でそう言った。

「そうだな、考えてみれば、トモキは経験もないし。震災の時もこのあたりは——」

ひとりごとのようにそんなことをつぶやいてから、

「確認するけど、蓮田君という子、どこか普通じゃないところはある？　見た感じで。顔色や、髪の毛、着ているものなんか」

ぼくはしばらく考え、首を横に振る。

「そうか、それならいい」お父さんはぼくの顔をまっすぐに見て、

「心配いらない。トモキが考えたような物騒なものは、あの家にはないと思うよ」

「じゃあ、何があるんだと思う？」ぼくは勢いこんで、「蓮田君が隠そうとしてる、それだけじゃなくお母さんまで——」

「まあ、落ち着いて。順番に話そう」

組んだ腕をほどくと、ぼくのほうへてのひらを向け、コーヒーをひと口飲む。

どうやらお父さんにはいろいろなことがわかっているようだが、どんな話で、わかっ

たのはなぜなのか。

ぼくはどきどきしながら、少し冷めて膜の張りかけたミルクを飲む。

「蓮田君が何かを隠そうとしている」とお父さん、「誰も信じないようなばかばかしい話をしたのは、友達を自分の家から遠ざけるため——っていうところは、トモキの見方が合っていると思う」

「そう？」

「ああ。それに気づいたのは、なかなか鋭いと思うよ」

ぼくをほめるような言い方をしたけれど、『そこまではいいが、その先がちがう』みたいな流れになるのは何となくわかっていた。

「だとすると問題は、もちろん、隠そうとしている秘密が何かということだが」

「あの家に、いったい何があるんだと思う？」

さっきも言ったことをくり返すと、お父さんはちょっともどかしそうな顔になって、

「こうは考えられないかな。隠しごとというのは、必ずしも『そこにあるもの』を隠すというだけじゃない」

「えっ？」

「あるはずの何かが『ない』、それが問題ということだってあるだろう?」

ぼくは不意をつかれる。たしかにそうだ。

お父さんが言っていることはわかるし、さっき夢からさめた時のぼくが感じたことと も似ている。

夜遅くに「物音」が気になるのではなく、「何も聞こえないこと」が気になるのと同じなのだ。

「少なくとも、そっちの可能性も考えてはみるべきだろう」お父さんはつづけて、「その場合、『あるはずなのにない』ものとは、いったい何か。そしてそのことは、蓮田君が学校を変わったことと関係があるのか。トモキはどう思う?」

「わからないけど、でも――」

「でも?」

「ぼくも、クラスのほかの子も、蓮田君の家に行ったことなんてないんだよ。今日転校してきたばかりなんだから当たり前だけど」

「行ったことのない場所なら、前にそこにあった何かがなくなっていたとしてもわからない。そう言いたいんだね」

そう、その通りだ。何かが「ない」ことをおかしいと思うのは、以前はそれが「あった」ことを知っている人だけのはず。

「たしかにそうだろう。あってもなくてもおかしくないものなら」お父さんはうなずいて、「だけど、どこの家にも『ある』のが普通で、『ない』なんてまず考えられないものだとしたら？」

「あるのが普通で、ないのが——」

「そして『ない』ことがひと目で——とまではいかなくても、しばらくそこにいれば誰にでもわかる。そういうものだとしたら」

何のことだろう。ぼくはいっしょうけんめい考えて、

「テレビとか？」

どの部屋にもまったくない、という家は珍しいはず。でも、

「だけど、遊びに行ったからって、家じゅう見て回るわけじゃないし——」

「家の中のどこにいても、ないのに気づくものだよ」とお父さん。「午後の遅い時間にもなれば、まして今の季節には」

季節というのが謎だけど、どこにいても気づくということは、

「よっぽど大きなもの？」

「というより、形のない、目に見えないものじゃないか」お父さんはさらに謎めいたことを言う。

「わからないかな。さっき、トモキが蓮田君の家に行った時、暗い窓にろうそくの明かりがゆらめいていたんだろう？」

ぼくがうなずくと、お父さんはつづけて、

「夜にろうそくひとつの明かりですごした。われわれ大人がそんな話を聞けば、一番最初に思いつくのは『停電』という言葉だよ」

「停電？」ぼくはとまどう。「でも、電気ならちゃんと――」

うちの電気はこうしてついているし、外では街灯だってちゃんとともっていた。

「電気が止まるのは、災害や事故なんかで地域全体が停電になる時だけじゃない」お父さんはぼくに言い聞かせる。

「空から降ってくるわけでも、地面から湧いてくるわけでもなく、電力会社がお金を取って提供しているものなんだから、支払いがなければ止められてしまう。さすがにすぐということはないけど、しばらくそれがつづけばね」

そういえば、とぼくは思う。そういうものだと、話に聞いたことはあった。ただ聞いたことがあり、頭ではわかっているというレベルで、実感がなかった。何々なんて買えない、お金がないから。お母さんもよく言うけれど、その何々というのは「あったらうれしい」もので、「なければ困る」ようなものではなかったのだ。ご馳走《ちそう》ではない普通のご飯とか。夏には半袖、冬には厚手の、それぞれ体に合った服とか。電気とか。

「蓮田君やお母さんが知られたくないと思っているのは、家の電気が止まって、使えなくなっていることなんだと思う」

お父さんは静かな口調で、でもはっきりとそう言った。

「それが正解とはかぎらないが、たぶんまちがいないだろう。蓮田君やお母さんの態度と、トモキが見たろうそくの明かり。それにもうひとつ——蓮田君がトモキたちの学校に転校してきたことと考えあわせると」

「私立の学校をやめた、ということだよね」

「そう、私立だと、小学校でも授業料を払わなくちゃいけないからね」

そうか、とぼくは思った。お父さんの言う「正解とはかぎらない」説明には、ぼくを納得させる力がじゅうぶんにあった。

「きっとそうだと思う」ぼくは小さな声になる。「だとしたら――」

「だとしたら？」

「蓮田君に悪いことをしちゃった。というか、何もしてはいないんだけど、あんなことを考えて――」

そう、ぼくはずいぶん失礼なことを考えたのだ。自分のことが恥ずかしくなり、カップに向かってうつむいていると、

「恥ずかしいと思う必要はないよ」お父さんの静かな声がした。

「もちろん、トモキが大人なら話は別だ。でもまだたったの十歳なんだから、いろいろなことを知らなくて当たり前だよ。

知らないから、ちょっとしたことを出発点に、おかしなことを『考えて』しまっただけ。

『言った』わけでも、『した』わけでもない。自分の頭の中だけのことなんだから、いくらでも修正がきく。

これから学べばいい、知識を増やせばいい話で、それは自然とそうなるはずだよ。

大事なのは、『自分にはまだまだ知らないことがある』といつも思って、知っている範囲だけでものごとを決めつけないこと。これは大人になってもずっとそうなんだけどね。それさえわかっていれば大丈夫だよ」

お父さんはテーブルごしに腕を伸ばして、右手をぼくの肩に置いてから、

「それから、蓮田君の家のこと」もとの姿勢に戻ってつづける。

「事情はわからないが、とにかく、電気まで止められてしまうような非常事態はごく一時的なものなんだと思う」

「本当？」

ぼくが顔をあげると、お父さんはうなずいて、

「さっき聞いた話では、蓮田君の健康状態も悪くはなさそうだし、お母さんは『来週なら大丈夫』、トモキが遊びにきてもいいと言ったんだろう？」

そう、たしかにそう言っていた。

「だったらお金の問題は近々解決する——前と同じようにはいかなくても、どうしても必要なものはまかなって暮らしていけるめどがついているんだと思う。それが無理なら、あの家から引越したりして生活を立て直すはずだが、どうやらそういうつもりもなさそ

うだし。

「だから大丈夫、きっとそのはずだよ」

お父さんの口からそう聞いて、ぼくは安心した。本当に安心したのだ。

次の週、水曜日に、ぼくは蓮田君の家に遊びにいった。

蓮田君が教室でぼくを誘ったのだが、そのことでぼくがからかわれることもなかった。あれから一週間近くたっていて、誰も蓮田君のでたらめな話のことなどおぼえていなかったらしい。

いっしょに帰る道で、ぼくは蓮田君に好きな科目のことをたずねたが、答えは意外にも「国語」だった。

「えっ、ほんと?」

「どうして驚くの?」

「いや、何となく、『算数』とか言いそうな気がしたから」

「算数も嫌いじゃないけど、国語のほうが好きかな」

やっぱり嫌味なやつかもしれないと思う。すごくというわけじゃなく、ちょっとだけ。

「本を読むのが好き？」

「うん、そうだね」

「漫画は？」

「漫画も読むよ」

さらに意外なことに、ぼくの好きな探偵ものの漫画を、蓮田君も読んでいることがわかった。

「あれ、面白いよね」ぼくは勢いづいて、「自分でもああいうのを描いてみようと思ったことがあるけど――」

これまで誰にも言っていないことを言ったのは、蓮田君に対する罪ほろぼしのつもりだったかもしれない。

「でも、ストーリーを考えるのが大変で、途中でやめちゃった」

「そうなんだ」

蓮田君はつづけて何かを言いかけたような気もしたけれど、口にしたのはそれだけだった。

赤レンガの家にたどりつくと、蓮田君はドアを開けて、ちょっと照れくさそうに「どうぞ」と言った。

お母さんが奥からあらわれ、深いえくぼを見せてほほえみながら、

「いらっしゃい。ゆっくりしていってね」ぼくに言うと、入れ替わりのように出かけていった。近くで仕事をしていて、蓮田君の帰る時間に合わせて一度帰ってくるらしい。

家の中は、外から想像するより普通だった。壁はありがちな白っぽい色で、家具も普通の形、もちろん電気もちゃんとついた。

それ以来、時々、おたがいの家を行き来したが、ぼくが蓮田君の家に行くほうが多く、しばらくたつと決まったパターンができた。

週に一度、水曜日に、いったんそれぞれの家に帰ったあと、ぼくが近くの本屋さんで漫画雑誌を買う。学校帰りに買い物をしてはいけないという決まりがあるからだ。

蓮田君は自分の家で待っているが、ぼくが雑誌を持って行くころには算数の宿題をすませている。ぼくは自分のお小遣いで買ったその日発売の雑誌の、二人とも好きな漫画のところを先に蓮田君に読ませてあげ、その代わりに宿題のむずかしいところを写させてもらう。

それぞれ相手を都合よく利用している形だが、どちらも不満はなかった。

蓮田君はまじめで、ぼくはいい加減で、好きな漫画以外に共通点はあまりない。だからだろうか、それ以上仲良くもならなかったけれど、何かあって水曜日に行けない時はちょっとさびしかった。ただ都合が悪いというだけではなく。

そんなつきあいが、お正月をはさんでつづき、二月になって少したったころ。いっしょにいて話がとぎれた時、ふいに蓮田君が、

「五年生になる時は、クラス替えがあるんだよね」

「そうだよ」とぼく。

「じゃあ、別々のクラスになるかもしれない。というより、三分の二の確率でそうなるね」

「そうだね」

しばらく間があり、それでも仲良くしよう、なんていうことを蓮田君が言うのかと思った。けれども、

「五年生になったら、二人で漫画を描かない？」

蓮田君が言い出したのは意外なことだった。

「広瀬君は絵が得意で、お話を考えるのは苦手だって言ったでしょ。ぼくは絵が下手だ

けど、お話を考えるほうは、もしかしたらちょっと得意かもしれない」

たしかにそうかもしれない。あの時の作り話を、あの場で思いついたのだとしたら。

ぼくはそう思ったけれど、今さら言うことでもない気がして口には出さなかった。

「だとしたら、ぼくたちで協力すれば、面白い漫画ができるかも。そう思わない？」

「そうかもしれない」とぼく。「そうだといいね」

「やってみようよ。五年生にもなればいろんなことがわかるはずだから。その分勉強も大変かもしれないけど、合間を縫って。時間を決めて」

「わかった」

「約束する？」

「うん」

ぼくは蓮田君と約束した。

けれども、それが嘘になってしまうのではないか、というよりそうなるだろうということはうすうすわかっていたのだ。

ぼくのお父さんとお母さんは、その少しあとに離婚し、ぼくはお母さんと暮らすことになって、春休みのあいだに遠くに引越した。

離婚することになったいきさつについては、お父さんのほうが悪いらしい。小学生のぼくに、誰も正面切ってそう言いはしなかったけれど、耳にとびこんできた細切れの話から、どうもそんな気がした。

中学生の今、そのころよく意味のわからなかったあれやこれやを思い出して考えると、たしかにお父さんが悪いのだと思う。

お父さんを責める気持ちはぼくにもあるけれど、それとは別にいろいろな思い出や、理屈ぬきの感情がある。

そして、離婚する数か月前の、深夜の台所での会話。蓮田君の家の前から逃げ出したあと、ホットミルクを飲みながら話したことはぼくにとってとても大きい。

自分のことを恥ずかしく思ってうつむいていたぼくに、その必要はないと言ってくれたこと。

あの会話のせいで、ぼくはどうしても、お父さんを嫌いになることはできないのだ。

ぼくは別の町で五年生になり、二年後には中学生になった。

中三の今も、自分で漫画を描こうとしたことはないけれど、蓮田君のことは今でも時々思い出す。

そういえば、彼が本当にパスタが好きなのかどうか、一度もたずねたことがなかった。

ぼくのほうは、トマト嫌いを克服し、今ではトマトソースのパスタも食べられるようになったのだ。

ホテル・カイザリン

近藤史恵

窓のない部屋で、わたしはひとりの女性と向き合っていた。

彼女が、喋《しゃべ》り続けていることばは、わたしの耳を素通りしていき、わたしは彼女の髪が切ったばかりのように整っていることに気をとられている。

警察の取調室で、刑事から事情聴取を受けるというはじめての状況なのに、わたしはすでにうんざりしている。千回も同じことを繰り返したように。

そう、うんざりしているのだ。これまで生きてきた時間にも、明日から続いていく時間にも。「明日であなたの人生が終わりますよ」と言われても、笑いながら受け入れることができるだろう。

それとも、今、そう思っているだけで、実際にそう宣言されると、普通の人のようにパニックを起こすのだろうか。

目の前にいる刑事は、わたしと年の近い女性だった。一度、聞いてみたい気がする。

あなたは、生きていくことにうんざりしていませんか、と。

「聞いていますか？」

いきなり叱責《しっせき》するような口調で、そう尋ねられて、はっとした。わたしは乾いた唇を舌で湿して、答えた。

「すみません。ぼんやりしてしまっていて……」

テーブルの上には、紙コップがあり、すっかり冷めたカフェオレが入っている。先ほど少しだけ口をつけたが、やたらに甘いのにひどく薄かった。自動販売機で買ったものだろう。

たぶん、これからの人生、わたしはこういうものばかり飲んで生きていくのだ。そう思ったら、とたんにどうしようもなく悲しくなった。

刑事は、苛立《いらだ》ったような口調を隠さずに言った。

「あなたは、どうしてホテル・カイザリンに放火したのですか？」

どうして。

それを今ここで言うことになんの意味があるのだろう。彼女にそれを説明しても、理解してもらえるとは思わない。

「わたしがやったことはわかっているのに、それが重要なのですか？」

「重要です。あなたが嘘《うそ》の証言をしているかもしれないですから。もちろん、先ほどお話ししたように、駒田《こまだ》さんには黙秘権がありますが、できれば話していただきたいです。なぜ、ホテル・カイザリンに火をつけたのですか」

「ホテルがなくなればいいと思ったからです」

刑事は目を見開いた。

喉《のど》が渇いているけれど、甘いだけのカフェオレなど飲みたくない。

ホテル・カイザリンのサロン・ド・テ、庭園に面したテラス席に座って、ポットサービスされる秋摘みのダージリンが飲みたい。

ポットもカップもあたためられていて、ちゃんと茶葉で淹《い》れられている。渋くなったときお湯を足せるように、魔法瓶のお湯もテーブルの上に置かれている。

十月は薔薇《ばら》の季節で、庭には白や黄色の薔薇が咲き乱れ、テーブルには薄紫の小ぶりな薔薇が飾られている。その中で、わたしは背筋を伸ばして、紅茶のカップを口に運ぶ。

あそこに戻りたい。あの瞬間に戻れたら、わたしはどんな代償でも払うだろう。

だが、どうやっても、もう、あの場所には戻れない。不思議なことに、わたしはそれを少しも後悔していないのだ。

「なぜ、ホテルがなくなればいいと思ったのですか？」

刑事は「なぜ」に力を込めて尋ねた。

わたしは、声を出さずに笑った。


ホテル・カイザリンについてどう語ればいいのだろう。

明治時代の洋館を改装して作られているとか、山の中腹にあり、最寄り駅からはタクシーか、一日数回のシャトルバスを使うしかないとか、サロン・ド・テのアフタヌーンティーが素晴らしいとか、各部屋には創業者が好きだったシェイクスピアの戯曲の名前がついているとか、そんな情報なら、ネットで検索すれば簡単に得られる。

実際にSNSで話題になっているのも見たことがあるし、どこか場違いな女の子たちがサロン・ド・テやロビー・ラウンジで写真を撮っているのも、何度か見かけた。

それでも、ホテルに漂う静謐《せいひつ》な空気が壊れることなどなかった。不便な場所にあって、アフタヌーンティーも宿泊客以外は予約制だから、流行《はや》り物が好きな客が大挙して押し寄せるようなことはない。

きれいな写真を撮りたいという目的の人は、一度訪れれば満足してしまう。何度も足を運ぶのは、このホテルを心から愛する人だけだ。

それに、ビジターとしてサロン・ド・テやレストランを利用するだけでは、このホテルの真価はわからない。

部屋は広くはないが、キングサイズのベッドと各部屋にベランダがあり、暖炉まである。ロビーの暖炉はいつも赤々と燃えているが、部屋の暖炉も頼めば薪《まき》を入れて火をつけてくれる。

客室はそれぞれ内装が違い、何度泊まっても楽しむことができるし、お気に入りの部屋を決めてもいい。

わたしが好きだったのは、マクベスの部屋だ。

少しうす暗い間接照明の中、くすんだ紅色のカーテンは、流れた血のようにも見えた。ベッドカバーもカウチに置かれたクッションも炭灰色で、冬はぱちぱちと爆《は》ぜる暖炉の火を見ながら、わたしはそこで本を読んだ。

その時間だけが、わたしが自分らしくいられる時間だった。

夜は信じられないほど静かだった。建物は道路からも少し離れていて、宿泊客や従業員の車の音以外は、ほとんどなにも聞こえなかった。

静寂が質量を持って、わたしを押し潰《つぶ》すのではないかと思ったほどだった。外界から隔《へだ》てられた、さほど広くない部屋で、わたしはようやく自分を取り戻すことができた。

ひとりでいることを寂しいと感じたことはない。

わたしはいつだってひとりだった。夫といるときも、他の誰かといるときも。

誰かといるときのわたしは、ぬるま湯で薄められていた。誰かの話を熱心な顔で聞き、その人が喜ぶようなことを言う。自分が話したいことも、伝えたいこともなにもなかった。

別れ際、隙のない笑顔で手を振り、背を向けてから、ようやくわたしはわたしに戻るのだ。

それなのに、たったひとりで生きるような能力もなく、絶えず人の表情をうかがっている。それがわたしだった。

ホテル・カイザリンにいる間だけは、少しだけ息がつけた。

今思えば、あのホテルに滞在している人たちは、ほとんど、ホテルに泊まることそのものを目的としているように思えた。

ゆったりとした余生を楽しむ老夫婦や、裕福で遊び慣れた人たち、そしてわたしのように少し現実を忘れたいひとり客が、なにもしないことを楽しむホテルだった。

観光や仕事の旅行で宿泊するのには、あまりにも不便で、温泉もない。フランス料理のレストランも悪くはないけれど、街中でも同じくらい美味《おい》しいレストランはいくらでもある。

だが、あんなふうに静寂と孤独を心ゆくまで味わえる場所は、めったになかった。わたしはいつもひとりだったけれど、ひとりでいることを居心地が悪いと感じたことはない。

従業員たちは、適度な距離を保ちながらも、わたしの存在に心を配っていてくれた。彼らに怪我《けが》がなかったと聞いたときは、心からほっとした。

別の高級ホテルに泊まってみたこともあったが、サービスを過剰に感じるか、反対にただ、建物と内装にお金をかけているだけの宿泊施設だと感じるか、そのどちらかだった。

ホテル・カイザリンにいるときのように、心からリラックスすることはない。

あのホテルの従業員たちは、ひとり客の扱いになれていたのだろう。わたしと同じような、女性のひとり客もよく見かけた。ライブラリーで本を選んでいたり、ロビーのソファに座って、暖炉の火を眺めていたり、ただ庭園を散歩していたりした。

名前も知らない、年齢もばらばらの女性たち。別の場所で出会っても、顔すら思い出すことのない女性たちなのに、わたしは彼女たちに親しみを感じた。実際にことばを交わし、食事をする現実の知人たちよりも。

彼女たちも、現実の屈託からひととき自由になるために、このホテルにきたのだろうから。

少しだけ、ことばを交わした女性もいた。だが、それ以上親しくなることはなかった。ひとりの時間を楽しみにきているのに、他人とあえて距離を詰める必要などない。

今になって思う。

それなのに、なぜ、わたしは彼女にだけ、特別な感情を抱いてしまったのだろう。

愁子《しゅうこ》をはじめて見かけたときのことは覚えていない。

たぶん、何度かホテル内――サロン・ド・テやロビーですれ違っていたのだろう。ホテルでよく見かける人だな、と思ったのは、ホテル・カイザリンを利用するようになって二年以上経《た》った頃。なんとなく彼女の存在を気にかけるようになった。

後で愁子と話して知ったのは、彼女の方は、その半年も前からわたしのことを意識していたらしい。

わたしはいつも大切なものばかり見過ごしてしまう。

はっきり覚えているのは、一年前、庭園で会ったことだ。その日は十月なのに、ひどく暑い日で、愁子は季節外れの麦わら帽子をかぶっていた。

決して若くはない――四十歳を過ぎた女性なのに、リボンのついた麦わら帽子は彼女の横顔を少女のように見せて、なぜかわたしは見入ってしまった。

いつもわたしは、人からどう見られるかということばかり考えていた。

若く見られなくてもいい。だが、若く見られたがっていると思われることだけは耐えられなかった。

だから、わたしはいつもグレーや黒のブラウスを着て、ボタンをきっちりと閉めていた。スカートも、かならずふくらはぎが隠れる丈のものしか身につけなかった。髪はいつもひっつめていた。

だから、愁子の麦わら帽子と小花模様のワンピースが、どこか腹立たしく思えた。あんな格好をしたら、きっと若く見られたがっている身の程知らずな女性だと思われる。

そう考えた後、次の瞬間に気づいた。

誰に？

振り返って、わたしはワンピースの裾を翻《ひるがえ》しながら歩く女性を見つめた。

彼女は自由だった。わたしみたいに、誰かにどう見られるか、どう判断されるかなんて考えていなかった。

日差しを避けるために、リボンのついた麦わら帽子を選び、暑いから涼しい夏服を着た。ただ、それだけなのだろう。

サンダルは、細いストラップのみで彼女の足に絡みついていて、それがひどくうらやましく感じられた。

わたしの靴は、いつも黒く重く、足を完全に覆《おお》っている。

愁子とはじめて話をしたのは、その年の十二月。ロビーに大きなクリスマスツリーが置かれ、暖炉に火が入れられた季節だった。

その日、わたしは少し早めに、チェックインをした。いつもなら、多少早くても部屋に案内してもらえるのだが、フロント係の男性は表情を曇らせた。

「申し訳ありません。まだお部屋の準備が整っておりません。ロビーでしばらくお待ちいただけますか？」

もちろん、文句はない。チェックイン時間よりも早くきてしまったのはわたしだし、それにホテル・カイザリンにはゆっくりするためにきているのだから。

荷物を預けて、ハンドバッグだけを手に、わたしはロビーに向かった。

暖炉の前のソファに、あの麦わら帽子の女性が座っていた。もちろん、今日は麦わら帽子ではない。燃えるように赤いタートルネックのニットを着ていた。

他にもソファは空いていたが、暖炉のそばに座りたくて、わたしは彼女の座っているソファの向かいにあるもうひとつのソファに腰を下ろした。

一瞬、彼女と目が合ったが、それだけだった。

しばらくわたしたちは、黙って暖炉の火を眺めていた。いきなり、後ろから肩をぽんと叩かれた。

「菱川《ひしかわ》さんじゃない？　菱川さんだよね。ひさしぶり！」

振り返ると、黒いカシミアのコートを着た女性が笑っていた。すぐには思い出せなかった。高校の同級生だということは、少し経ってから気づいた。

わたしはにべもなく言った。

「人違いです」

「えー、嘘。菱川さんでしょ。おつる。全然変わってないからすぐにわかった」

そのあだ名を聞いて、胃が沸騰するように熱くなった。

クラスメイトたちは、わたしの鶴子《つるこ》という古風な名前をからかって、おつると呼んだ。わたしは、そのあだ名が大嫌いだった。

華やかな名前のクラスメイトにそう呼ばれるたびに怒りを感じた。

「なにか勘違いをされているのでは？」

そう強めに言ったときに、向かいの女性が口を開いた。

「その方、菱川さんではありませんよ」

そう言われて元クラスメイトは、一瞬きょとんとした顔になった。ようやく、自分が人違いをしたのだと理解してくれたようだった。

「あの……本当にごめんなさい。高校のときのクラスメイトにあまりにそっくりだったから……」

「いいえ、お気になさらず」

わたしは怒りを抑えて、余裕のある笑顔を作った。彼女はぺこぺこしながら、ロビーを出て行った。タクシーに乗り込むのが見える。

まだチェックインの時間にもなっていないのに、ホテルを出て行くのだから、たぶん宿泊客ではなく、食事に訪れたのだろう。

念のため、今回はあまり、外に出ずに部屋で過ごした方がいいかもしれない。食事はルームサービスで済ませよう。

そう考えてから、わたしは助け船を出してくれた女性にまだ礼を言っていないことに気づいた。

「ありがとうございました」

そう言うと、彼女は読みかけの本を閉じてにっこり笑った。

「そそっかしい人っていますね」

なぜか彼女には本当のことを言わなければならないような衝動にかられた。

「あの……人違いじゃなかったんです。あまり会いたくない人だったから……ごめんなさい」

彼女の目が丸くなる。

「そうだったんですか？　だって駒田さんですよね。以前、チェックインするときに隣だったから、聞こえてきて……なんとなく覚えていたからつい……」

「菱川は旧姓なんです。嘘をつかせてしまってすみません」

彼女は首を振って笑顔になった。

「嘘をつくつもりがなかった嘘なんだから、神様も許してくれると思います」

そう言ったあと、彼女は遠い目になった。

「昔の友達って、嫌ですよね。本人が忘れてしまいたいことも知られているんだから」

どきり、とした。

まるで、わたしのことをよく知っているようなことばだった。麦わら帽子と細いストラップのサンダルを身につけていた女性に、そのことばはあまりに不釣り合いだ。

それとも、彼女もそんな感情に囚《とら》われているのだろうか。

彼女は、八汐《やしお》愁子と名乗った。

マクベス夫人。

愁子はわたしにそんなあだ名をつけていたという。

「前、マクベスの部屋に泊まっているのを見たから」

何ヶ月か前、彼女はマクベスの部屋の、ふたつ先の部屋を使っていて、わたしがマクベスの部屋に入るのを見たのだという。冬物語の部屋だ。

「八汐さんはいつも冬物語の部屋に？」

「わたしは別に決めていないの。いつも違う部屋を選んでいる」

はじめて話をした日、愁子はロミオとジュリエットの部屋に泊まっていた。

彼女は、自分の部屋を見せるから、マクベスの部屋を見せてほしいとわたしに言った。

「まだ、マクベスの部屋には一度も泊まっていないの。予約のときに聞いてみたことがあるけれど、いつも予約が入っていて」

その申し出を不躾《ぶしつけ》だと思わなかったのは、彼女がつけた「マクベス夫人」というあだ名が気に入ったせいもある。

戯曲を読んだことも、お芝居を観《み》たこともない。だが、マクベス夫人が、夫を唆《そそのか》して王を殺させる悪女だということは知っていた。

悪い気はしなかった。自分がそんな人間ならきっと今よりは自由だろう。

ロミオとジュリエットの部屋は、若い恋人たちのラブストーリーにふさわしいような内装だった。

シフォンのカーテンが繭《まゆ》のようにベッドを包んでいて、ベッドリネンは白いレースで揃《そろ》えられていた。ベッドのクッションの中にひとつだけ赤いクッションが紛れ込んでいるのは、ジュリエットが流した血を表しているのだろうか。

愁子がレースのカーテンを閉じながらつぶやいた。

「第二火曜日」

わたしは驚いて振り返った。

「どうして……？」

「やはりそうよね。駒田さん、いつも第二火曜日にこのホテルに泊まっている」

なぜ、それを知っているのだろう。少し愁子が怖くなった。

「ごめんなさい。びっくりさせるつもりはなかったの。わたしも第二火曜日に、ここに泊まることが多いから……わたしは日を決めているわけじゃないし、月に何度かここのホテルで息抜きをしているだけなんだけど、第二火曜日に泊まったときにだけ、あなたを見かけるから、ちょっと答え合わせがしたくなっただけ」

ただ、それだけ。愁子はばつの悪そうな顔をして、そう言った。

たしかにわたしは、第二火曜日に、ホテル・カイザリンに泊まることにしていた。月に一度、たった一日だけの気晴らしだったけど、その日だけ本当の自分でいられるような気がしていた。

第二火曜日なのは、その週に夫が上海《シャンハイ》に出張に行くからだ。月曜日から木曜日までの三泊四日の日程で、経営するレストランの上海支店を訪れる。

中でも火曜日なのには理由がある。月曜日は、朝に彼が出て行っても油断できない。飛行機のトラブルで、戻ってきてしまうかもしれない。水曜日と木曜日は早く仕事が終わって、帰国を早める可能性がある。

彼が無事に上海に到着すれば、その翌日の火曜日に帰ってくる確率は低い。第二火曜日がわたしにとって、いちばん自由を満喫できる日だった。

二十代の頃ならば、わたしの行動に目を光らせていた夫も、さすがに四十近くなり、見た目も年相応になるとあまり関心を持たなくなった。それでも彼が家にいるときに、外泊するなど許してもらえるはずはない。

疚《やま》しいことはなにもしていない。ホテルで誰かと密会したことなどないし、するつもりもない。心ゆくまでひとりになれる唯一の時間に、男と会いたいとは、まったく思わない。

夫がわたしの行動を怪しむのなら、興信所でも探偵でも雇って調べさせればいい。だが、わたしの楽しみを、夫の気まぐれで中断させられるのだけは絶対いやだった。

「わたしの部屋は見せたわ。あなたの部屋も見せて」

愁子にそう言われて、わたしは頷《うなず》いた。廊下をふたりで歩いて、マクベスの部屋に向かい、重いキーホルダーのついた鍵でドアを解錠する。

ロミオとジュリエットの部屋から移動してみると、マクベスの部屋はやけに薄暗く見えた。

「素敵な部屋ね……」

愁子はかすれた声で言った。

「あなたにとてもよく似合っている」

彼女は、そう言ったけれど、わたしには彼女の赤いセーターこそが、この部屋にふさわしいように思えた。

かすかに喉が渇いた。

なぜか、なんらかの悪徳を、彼女に唆されているような気がした。

その日、わたしは愁子と一緒に過ごした。

サロン・ド・テでお茶を飲み、夕食をレストランで一緒にとる約束をした。

フランス料理のコースは、料理が運ばれてくるのに時間がかかり、どんなにゆっくり食べても時間をもてあましてしまう。かといって、食事の間に本を読むのも好きではない。

ふたりならば、料理の感想を言い合ったりするだけでも楽しいし、ワインもシェアできる。

ふたりで話していると、急にひとりでいる他の客が、寂しい存在のように思えてくるのが不思議だった。ひとりのときに、あんなに親しみを感じていたのが嘘のようだ。

どんな話をしたのかはあまり覚えていないが、愁子がよく笑ったことを覚えている。

わたしは彼女に笑ってほしくて、記憶の中にあるありとあらゆる楽しい話を引っ張り出して披露した。

彼女は笑いすぎて涙を拭《ぬぐ》いながら言った。

「こんな楽しいのはひさしぶり」

「わたしも」

嘘でもお追従《ついしょう》でもない。本当にひさしぶりだった。楽しいことも、誰かに心から笑ってもらいたいと思うことも。

誰が聞いているわけでもないのに、愁子は声をひそめた。

「鶴子さんさえご迷惑でなかったら、わたしもこれから第二火曜日に泊まりにこようかな」

わたしは身を乗り出して言った。

「迷惑だなんて。ぜひ、またご一緒したいです」

そう言ってから、すぐに気づく。

「あ、でも……わたしはこられないときもあるかも……」

夫が風邪でも引いて、出張が中止になってしまえば、わたしは家にいるしかない。

「もちろん、わたしだって、急になにか用事ができてしまうかもしれない。だから、これはゆるい約束。わたしは第二火曜日が空いていたら、ホテル・カイザリンに泊まるし、あなたは今までどおりにすればいいだけ。そして、ふたりが会えたら、こうやって一緒に食事をしましょう」

「会えなかったら……？」

「今までと一緒。このホテルで、ひとりでお茶を飲み、ひとりのテーブルで食事する。ひとりで過ごしたって、ここは最高の場所でしょう」

そうなのだ。わたしも今まではそう思っていた。

だが、なぜか愁子に会えず、ひとりで過ごすと考えただけで、どうしようもなく寄《よ》る辺《べ》ない気持ちになった。

たったひとつの約束が、わたしをよけいに孤独にするようだった。

翌月まで、わたしは怯《おび》えていた。

愁子はああ言ったけれど、第二火曜日に彼女はいないのではないか。単なる気まぐれか、その場しのぎの口から出任せに過ぎないのではないか。

彼女と会えないことを恐れながら、一方でわたしはどこかでそれを望んでいた。

次の夜も、また同じように楽しく過ごせるかどうかわからない。わたしは彼女を失望させるかもしれない。

失望させてしまうよりは、忘れられてしまう方がずっとましだ。もう一度偶然会えれば、微笑《ほほえ》みかけてもらえるだろうから。

一月の第二火曜日、わたしは不安ではち切れそうになりながら、ホテル・カイザリンを訪れた。ロビーの暖炉の前で、愁子の姿を見たときのわたしの喜びがわかるだろうか。

思わず小走りに駆け寄ってしまった。

彼女は少し驚いた顔をして、それから笑った。

チェックインをして、レストランのテーブルを二名で予約し、庭園に散歩に出た。その冬いちばんの寒気と天気予報では言っていたのに、わたしたちは一時間も庭園を歩き回ってしまった。少しも寒いと感じなかった。

愁子は、ピアノ教師だと話した。週二回だけピアノを教えているそうだ。そんな程度で生活できるのだろうかと不思議に思ってしまった。愁子もそれに気づいたのだろう。少し寂しそうに目を伏せた。

「夫を早くに亡くしてしまって、その遺産があるから、生活には困っていないの」

たまらなくうらやましいと思った。わたしも彼女のようになりたい。わたしの夫も大富豪ではないが、それなりに高収入だから、彼が死ねばわたしも愁子のようになれる。月に一度だけではなく、何度も会うことができる。一緒にどこか旅行にも行けるかもしれない。

　上海からの帰国便が落ちればいい。いや、それではたくさんの関係ない人が犠牲になる。飛行機を降りた後、ひとりで交通事故を起こせばいい。

　夫を殺したいとまでは思わない。彼はわたしより二十五歳も年上だから、確実にわたしより早く死ぬ。それがわたしの希望だった。だから、煙草をやめろとも、酒を控えろとも言わずに、好きなようにさせていた。

だが、そうは言っても、彼はまだ六十三歳で、二十年以上生きても不思議はない。急にその二十年が耐えがたいものに思われてくる。

夫への愛情などなかった。彼は金で買うように、十九歳のわたしを強引に自分の妻にした。

愛されていると感じたことはない。彼にとってわたしは、不動産や証券と同じような財産のひとつに過ぎない。わたしに意志があり、感情があることにすら気づいていないだろう。

許せないのは、最近、彼がわたしの年齢をからかうことだ。白髪《しらが》を発見しては笑い、体型が崩れてきたと笑い、小じわを見つけて笑う。

二十五歳差の年齢が縮まることなどないのに、彼はまるでわたしだけが年をとったように、わたしを扱う。

三十八歳のわたしを嘲笑する彼は、自分がわたしをはじめて抱いたとき、自分が四十四歳だったことをどう思うのだろう。当時の彼も腹は出ていて、髪に白髪も交じっていた。

わたしは彼に抱かれるたびに、自分がすごい勢いで年老いていくような気がした。

彼はわたしよりも早く死ぬ。行為が終わるまで、わたしは心の中で何度もそう繰り返した。

次の月も、その次の月も、愁子に会うことができた。

氷が解けるように寒さが和《やわ》らいでいき、正面玄関から建物までの間にある蠟梅《ろうばい》や、梅や辛夷《こぶし》が、咲いては散り、咲いては散っていった。

五月、うきうきした気持ちでホテル・カイザリンを訪れ、ロビーで愁子を待ったのに、夕方になっても彼女はこなかった。

フロントの従業員に尋ねてみると、予約すら入っていないと言う。

わたしはしょんぼりとうなだれて、部屋へと戻った。

一ヶ月前の会話を思い出し、彼女を失望させるようなことを言っただろうかと考えた。ただ、忙しくてこられなかっただけだと考えて、急に明るくなったり、もう二度と彼女に会えないかもしれないと思って、ベッドに突っ伏して泣いたりした。

夕食をとる気にもならず、部屋でぼんやりとしていた。

他の人が見れば笑うだろう。若くもない女が、なぜひとりの友達と会えなかっただけでこんなに動揺するのか、と。

わたしには、愁子以外の友達はいない。夫の友達である夫婦と、家族ぐるみのつきあいをすることはあったが、わたしだけの友達はひとりもいなかった。

ずっといなかったわけではない。高校生のときまでは、悩み事をなんでも話せる友達も、たわいのないことで盛り上がって笑い合える友達もいた。

だが、十七歳の夏にわたしはその友達のすべてを失ってしまった。

わたしの父は、名の知られた栄養食品会社の社長だった。一代で会社を大きくしたせいか、テレビや雑誌が取材にくることも多かった。

わたしの本当の母は、わたしが幼いときに父と離婚し、家を出て行った。とはいえ、父が再婚した新しい母とも、うまくやれていたし、そのときは自分が不幸だと考えたことはなかった。

少なくとも、家にはお金がたくさんある。生きることに苦労なんてしなくて済む。わたしはどこかで甘く考えていた。

ある朝、わたしは家に押しかけてきた人々の怒号で、目を覚ました。

なにが起こっているのかわからないまま、テレビをつけた。そこには、自分の家の玄関が映っていた。

父が販売していたダイエットサプリメントで健康被害が出て、過去に亡くなっていた人までいたことが明るみに出たのだ。

それだけではない。栄養食品を販売するときに出していたデータは、嘘にまみれていて、なんの効果もないことがわかったどころか、健康被害が出ていることを知りながら、会社は隠蔽《いんぺい》して販売を続けていたことまでが判明した。

テレビのニュースや週刊誌には、父の顔が大写しで報道されていた。

マスコミから隠れるため、父は病院に入院し、わたしと母は母の実家に身を寄せた。

一ヶ月ほど学校を休み、報道が一段落した頃、わたしは学校に戻った。

教室に入ったとき、みんながいっせいにわたしを見た。誰も笑っていなかったし、わたしに話しかけようとしなかった。

視線が刃《やいば》のようにわたしを刺した。

震えながらも、わたしは教室に入り、自分の席に着いた。近くにいたクラスメイトたちが、わたしの机のまわりからさっと離れていった。

喉がからからに渇いた。

昼休み、わたしは隣のクラスの真由子《まゆこ》のところに向かった。

幼稚園からずっと、この私立学校に通っていたが、中でも真由子はいちばんの親友だった。親友のつもりだった。

なのに、彼女はわたしを見て、悲しい顔になった。

「ごめん、お父さんもお母さんも、もう鶴子とはつきあうなって……。ごめん。本当にごめん」

そんなに悲しい顔で謝らないでほしかった。

わたしは今でも真由子を憎めないでいる。たぶん、逆の立場ならば、わたしも同じことを言っただろう。

わたしは高校を中退した。大検をとって、大学受験をしようとしていた矢先、ひとりの実業家が、父の会社を買い取った。訴訟費用も援助してくれるという。

彼が出した条件のひとつが、わたしと結婚することだった。

わたしに選ぶ権利などなかった。お金さえあれば、不幸ではないなんて、どうして考えたりしたのだろう。

夜になって、愁子からメッセージが届いた。

「ごめんなさい。怪我をしてしまって今月は行けません。大した怪我ではないので、来月にまた会いましょう」

わたしはそのファックスを宝物のように抱きしめた。

愁子に失望されないためならば、どんなことでもしたいと思った。


六月は、また愁子と一緒に時間を過ごすことができた。

ひどい雨の日で、庭園を散歩することもできず、サロン・ド・テには高い声で外国人の悪口を言うグループがいて、居心地が悪かった。

愁子がわたしの耳もとで言った。

「わたしの部屋で、ルームサービスでお茶を飲みましょう」

愁子がその日泊まっていたのは、テンペストの部屋だった。

内装は、緑と灰色とくすんだ水色を使って「嵐」を表現していた。ゴブラン織りのソファにふたりで座って、わたしたちは、外の嵐の音を聞いていた。

ふいに、愁子がつぶやいた。

「なにもかも、このまま変わらなければいいのに……」

それはわたしの願いでもあった。多くは望まない。ただ、愁子とふたりで、月に一度会って、こんなふうに静かに時間を過ごせるのなら、それだけでいい。

夫がうんざりするほど長生きして、わたしの方が先に死ぬことになったってかまわない。

なぜだろう。彼女と会えるだけで、ほかにどんなつらいことがあっても、世界を恨まずにいられるような気がした。

愁子が立ち上がって窓を開けた。雨と風が部屋に吹き込んできて、カーテンが舞い上がった。

嵐が渦巻く部屋で、わたしたちははじめてキスをした。

そのままでいたかった。

他のなにを失っても、いちばん大事なものだけを手放さずにいたかった。

だが、世界は簡単に崩壊する。わたしは十七歳のとき、それを知った。


昼間、部屋の掃除をしていると、携帯電話が鳴った。夫からだった。

電話に出る前に、悪い予感がしたような気がした。もっとも、それは後付けの記憶かもしれない。わたしは自分の感情すら信用できない。

「すぐに、荷造りをしてくれ。自分の分と、俺の分。とりあえずは一週間分でいい」

「はい？」

なにを言われているかすぐにはわからなかった。

「荷造りが終わったら、ホテル・カイザリンに行ってくれ。場所は調べて。荷物もあるからタクシーでもいい。俺の名前で予約している」

まさかホテル・カイザリンの名前が、彼の口から出てくるとは思わなかった。

今は第二火曜日ではない。第一水曜日だ。たぶん、愁子と会うことはないだろう。

「でも、なぜ……」

「ホテルに着いたら、説明する。なるべく急いでくれ。あと、パスポートも忘れないで」

わたしは、戸惑いながら、言われたとおり、荷造りをした。自分と夫のパスポートを持ってタクシーを呼ぶ。

「ホテル・カイザリンまで」

そう告げて、わたしは携帯電話でニュースのページを開いた。

トップニュースに夫が経営するファミリーレストランの名前があった。

わたしは息を呑《の》んだ。そのままニュースを読む。

期間限定メニューで、中がレアのハンバーグを出していたが、工場で調理されたそれが、O157に汚染されていたらしい。

百人以上が食中毒で病院に運ばれ、中には重症患者もいると書かれていた。

わたしは放心したようにタクシーのシートに沈み込んだ。

また、同じことが起こる。わたしはすべてを失う。

ただ、十九歳のわたしを夫が欲しがったように、今のわたしを財産として欲しがる人はいないだろう。それが唯一の救いだった。

ホテル・カイザリンにタクシーが到着した。ふたり分の重いスーツケースを、ポーター が運んだ。

案内されたのは、ハムレットの部屋だった。赤を基調にした内装の部屋。壁にはオフィーリアの絵の複製が飾られていた。

この部屋を使うのははじめてだ。愁子との思い出がある部屋でなくて、心から良かったと思う。

夫は、夕方になってやってきた。

険しい顔をして言う。

「明日、謝罪会見をする。その後、シンガポールに飛ぶ。しばらく身を隠そう」

わたしはぽかんと口を開けた。

重症患者の中には、子どもも多く、生死の境をさまよっている患者もいると書かれていた。

わたしの責めるような視線に気づいたのだろう。彼は言い訳のように言った。

「ほとぼりが冷めるまでだ。どうせ俺たちにできることなどない。レストランは閉店して、また名前を変えてやり直す。どうせ、みんなすぐに忘れるさ」

わたしは怒りを抑えて、口を開いた。

「わたしは行かない」

「なぜだ。マスコミに追い回されるぞ」

なぜだろう。父のときも、わたしがなにかをしたわけではない。なのに、人は言うのだ。おまえにも罪がある、と。父や夫の稼いだ金で生きていること自体が罪なのだろうか。

マクベス夫人を思う。彼女は自分で望んで罪を犯し、その手を汚して心を病んだ。なにも望んでいないのに、ただ知らぬうちに手が血にまみれていたわたしよりも、ずっと自由だ。

「わたしはシンガポールには行きたくない。どうしても連れて行くというのなら、離婚します」

シンガポールに行ってしまえば、愁子とはもう会えない。

メッセージを愁子宛に送ることはできるが、わたしがしばらく身を隠せば、愁子は駒田という姓から、食中毒の件とわたしの不在をつなげて考えるのではないだろうか。

きっと夫の顔と名前は、これから見飽きるほど報道されるはずだ。わたしは、愁子に夫がレストランを経営していることを話してしまっていた。

愁子には、絶対に知られたくない。わたしは真由子の顔を思い出す。

わたしはもう一度言った。

「シンガポールには行かない。そのくらいなら離婚します」

夫は、鼻で笑った。

「マスコミの連中は興味を持つだろうな。俺の妻が、菱川食品の社長の娘だったと知ったら」

わたしは息を呑んだ。

夫は菱川食品を買い取り、そして、名前を変えて、また売り払った。今はすっかり菱川食品の名前は忘れ去られている。

だが、たった二十一年前だ。みんな簡単に思い出す。当時の被害者だっている。

わたしは精一杯虚勢を張った。

「菱川食品とわたしをつなげて考える人なんかいない」

「教えてやれば、簡単に思い出すさ」

わたしの心は絶望で閉ざされる。そうなれば、わたしの顔写真も出回るかもしれない。愁子に隠すことは不可能だし、もうホテル・カイザリンで歓迎されない客になってしまうかもしれない。

「父と夫、両方が死人を出す不祥事を起こした女というのも、おもしろい話題になるだろうな」

「死人……？」

夫は吐き捨てるように言った。

「子どもが死んだ。夜のニュースで報道される」

深夜、わたしはハムレットの部屋を抜け出して、ライブラリーに向かった。

眠れない人のために、深夜でもライブラリーの鍵は開いている。誰もいない部屋。窓から月明かりが差し込んでいた。

わたしは愁子を失う。愁子を失望させてしまう。

わたしが、ホテル・カイザリンにもう現れなければ、愁子はすべてを察するだろう。

だが、わたしがシンガポールに行かずに、夫と別れれば、夫がわたしのことをマスコミに話してしまう。

どうやっても、わたしの夫が、食中毒で死者を出したことは知られてしまう。おまけに父のことまで知られてしまうかもしれない。

愁子がそれでもわたしのことを受け入れてくれるとは思えない。

もし、ホテル・カイザリンがなくなれば。

この美しいホテルが焼け落ちてしまうか、それとも何ヶ月かでも営業停止になれば。

わたしと愁子は、それがゲームのルールのように互いの連絡先を知らせなかった。ホテル・カイザリンで会うのが、わたしたちのゲームだった。

もし、ホテル・カイザリンがしばらくの間でも営業停止になれば、わたしたちが会えないことは不自然ではなくなる。

愁子がわたしに失望することもなく、もう一度会ったときに笑いかけてもらえる。

このままでいることが不可能なら、それがわたしのせめてもの願いだった。

だから。

わたしはポケットから、ライターを取り出した。夫のスーツのポケットから探してきたものだった。

今日ほど、夫が喫煙者であることをありがたいと思ったことはない。

わたしはカーテンに火をつけた。

結局のところ、わたしが燃やすことができたのは、ホテル・カイザリンのライブラリーの一部だけだ。火は小火《ぼや》のうちに消し止められ、宿泊者やスタッフにも怪我はなかった。

わたしは、食中毒のせいで動揺して覚えていないと供述した。たぶん、誰もがわたしが無理心中をはかったと考えているはずだ。

それでいい。本当のことなど、誰にも知られなくていい。

執行猶予はつかなかった。放火が、殺人と同じくらい重い罪だということは、裁判になってからはじめて知った。

別にかまわない。これは、わたしが望んで手を染めた罪だから。

拘置所で、わたしは離婚届にサインした。夫の死を待たずに、心だけは自由になれたというわけだ。

懲役五年。執行猶予なし。いつかはこの罪を悔やむ日がくるのだろうけど、今はまだ少しその感覚は遠くにある。

判決が出る前、拘置所で、わたしは新聞のある記事に目を留めた。

「保険金目当て。夫を事故に見せかけて殺す」

まず、見出しが、次に写真が目に飛び込んできた。

写真は愁子のものだった。

捜査の結果、昨年の五月に愁子が夫を駅のホームから突き落として殺したことが判明したと書かれていた。

わたしは弁護士から事件の詳細を聞いた。

なんでも、愁子は夫婦の貯金を使い込んだことを夫に知られ、離婚を宣言されたという。彼女は専業主婦で、離婚の理由からしても慰謝料はもらえそうもない。夫を殺して、保険金を手に入れようと考えたらしい。

わたしは少し考えた。

彼女が、殺人を犯した理由は本当に、お金そのものだろうか。わたしの存在が少しでも関係している可能性はないのだろうか。

もう一度、会えるかどうかはわからない。だが、もし会えたら、今度こそ、お互いのことをちゃんと理解できる気がした。

青は赤、金は緑

矢崎存美

「青は赤、金は緑ってなあんだ？」

数日前から悩んでいるなぞなぞだ。

西上渚《にしがみなぎさ》はその答えを知りたい。しかし、まったく見当がつかない。誰か答えを知っている人はいないだろうか。

考え込みながら、友人である木之内深理《きのうちみり》と会うため、いつもの待ち合わせ場所へと急いでいた。

深理は去年、離婚をして一人暮らしを始めた。仕事を手伝っている実家近くのマンションで、猫と一緒に。子猫ではなく、近所の人が保護した大人の猫二匹を引き取ったのだ。

深理は猫好きだが、今まで飼ったことがなかった。母親が重度の猫アレルギーだったからだ。結婚してから飼うかと思ったが、夫になった人はあまり動物が好きではなかったらしい。

「いつか一人暮らしして、絶対に猫を飼うんだ」

と昔から言っていたなあ、と思い出す。出会った中学一年生の頃から。

今、二人とも三十歳で、渚はもうすぐ三十一歳になる。

もう三十なのか、と渚はため息をついた。大学を卒業して社会へ出て、そのうち然《しか》るべき時期に結婚するものとなんとなく思っていたが、そういうものではなかったらしい。つきあっている人がいないわけではない。しかし、彼には彼の事情があるので、渚の思い通りにはいかないのだ。

モヤモヤと考えながら、待ち合わせのカフェのドアを開ける。奥の窓際の席で、深理が手を振っている。

「久しぶり」

深理のマンションはここからすぐなのだが、以前渚が遊びに行った時、猫たちは押し入れに隠れてまったく出てこなかった。トイレも我慢させるのが忍びなくて、以来外で会うようになった。

「誰が来ても顔出さないよ。すごくビビリなの」

そんな猫もいるんだ――渚は猫のことを、何も知らない。

「元気？」

「うん、元気だよ。渚は？」

「あたしもまあまあ元気」

身体《からだ》は健康だが、悩みは多い。

「猫も元気？」

「うん、すごく元気」

深理はにっこり笑う。猫の話をしている時の彼女の顔は輝く。

でも、渚は猫の話が苦手だ。

元々猫は好きでも嫌いでもなかった。というより、まったく接点がなくて、よくわからない。しかし、見た目はとてもかわいいと思っている。猫のキャラクターのついたグッズなどをたまに買ったりする。それは、子供の頃から変わらない。

だから、深理と知り合って間もない頃、

「渚ちゃんって猫、好き？」

と訊《き》かれた時、

「うん」

と答えた。それは嘘ではないが、本当でもない。ただ、深理のように好きではなかった、というだけだ。そこから十五年以上つきあうなんて知っていたら、そんなふうに答えなかったのに、と渚は思う。なぜか、そのたった一つの「嘘」が、どうしても取れない棘《とげ》のように渚の心に刺さっていた。深理についた嘘はきっとそれだけではないだろうが、いつまでも忘れられない。

だから、猫の話題が出た時はさりげなく話をそらす。猫が好きだけど飼わない理由は、住んでいるマンションがペット禁止だからということにしている（本当にそうだし）。深理も深く突っ込んでは訊いてこない。

「これ、おみやげ。会社の近所に新しくできた洋菓子屋さんのクッキー。すごくおいしいの」

すぐに話題を変えた。

「ありがとう。うれしい」

深理は甘いものが好きだ。

「何注文する？」

ここはケーキもおいしい。渚は迷った末、スフレチーズケーキのセットにする。

「深理は？」

「あたし、お昼食べすぎちゃったから、飲み物だけにする」

珍しい。「甘いものは別腹」って本気で言うような人なのに。かなりお腹がいっぱいなんだろうか。

「じゃあ、食べたかったらつまんで」

「うん、ありがとう」

二人でお茶を飲みながら、近況を語り合う。その流れで、渚は例のなぞなぞのことを深理に話した。

すると彼女はしばらく考えたのち、

「もしかしたら、あれかな？」

と言う。

「あれって何？」

「うーん、でも違うかも。それってなぞなぞっぽくないかもしれないね」

「どういうこと？」

渚は答えを知りたくて身を乗り出す。

「そのなぞなぞ、誰から聞いたの？」

渚は少し迷ったが、打ち明けることにした。

「半年くらい前からつきあっている人の娘さんから」

「え、つきあってる人いたんだ」

うまくいくかわからなくて、深理にも言えていなかったのだ。

「もしかして小さな子供？」

「そう。小学三年生になったばかり」

転職した会社で知り合った向井保文《むかいやすふみ》の娘で、雪穂《ゆきほ》という名前だ。五年前に離婚した向井は、男手一つで娘を育てている。渚は、雪穂となんとか仲良くなりたいと思っているが、なかなかうまくいかない。雪穂の態度は小学生とは思えないくらい礼儀正しいし、賢いし、とてもかわいらしい子なのだが、間に厚い壁が挟まっているように感じるのだ。

「そうなんだ――」

深理が納得したような声を出したのは気のせいなんだろうか？

「なんなの？　答えわかったの？」

「いや……どうだろ？　どんな状況でそのなぞなぞ出されたの？」

その日は雪穂の春休みに入ってすぐの日曜日だった。三人で遊園地へ行ったのだ。

向井がお昼を買いに行っている間は、当然雪穂と二人きりだ。話が弾んだとはとても言えなかった。共通の話題もないし、今時の小学生に何が流行《はや》っているかとか、関心事はなんなのかとか、渚にはまったくわからない。

でも今日はとっときの話題があった。向井から家で飼っている猫の写真を見せてもらったのだ。雪穂がとてもかわいがっているという三歳の雑種の虎猫は、子猫の頃に彼女が拾ったのだそう。

「雪穂ちゃんちの猫の写真、お父さんに見せてもらったよ。かわいいね」

「ほんと？」

よかった、ちょっと笑った。

「とらおって名前、雪穂ちゃんがつけたんだって？」

「うん」

虎猫のオスだから「とらお」。とてもわかりやすい名前だ。

「西上さん――」

お姉さんとか渚さんではなく、まだ「西上さん」だが、「あの」とか「ねえ」でないだけマシかなと思う。

「何？」

「猫、好きなんですか？」

その質問に、渚は凍りつく。訊かれることはわかっていたはずなのに。

なんとか平静を装い、

「好きだよ」

と答える。嘘ではない。嫌いではないのだから。

「ほんと？」

渚は雪穂の目をまっすぐ見て、

「うん」

と言った。嘘を言う人は目をまっすぐ見られないなんて、それこそ嘘だな、と思う。いや、厳密には嘘じゃないから見られるのかもしれないけど。

「ふーん」

しかし雪穂は半信半疑という様子だった。なんだか怖い。

そこへ向井が帰ってくる。

食事のあと、三人で観覧車に乗った。最初は景色に歓声をあげていた雪穂だったが、予想どおり、途中で飽きてしまった。よくわかる。渚も小さい頃、観覧車をせびって乗っては飽きる、というのをくり返したものだ。そんな時は、家族みんなでなぞなぞやらしりとりやらで時間をつぶしたことを思い出し、簡単ななぞなぞを出してみる。すると向井も、そして雪穂も問題を出し始めた。けっこう盛り上がる。

その時、雪穂が最後に出したなぞなぞが、

「青は赤、金は緑ってなあんだ？」

だったのだ。

それまではみんなで楽しめるような簡単な問題ばかりだったので、渚はキョトンとなって、向井を見る。彼は苦笑していた。あれ？　もしかして、この問題、知ってるの？

「わからない？」

雪穂が言う。渚は、

「えーっと、宿題ってことでいいかな？」

とごまかすしかなかった。難しいというか、なぞなぞなの、これ？

「いいですよ」

雪穂は失望したような顔になっていて心苦しかったが、わからないのだからどうしようもない。

帰り道、雪穂には聞こえないように、向井が言う。

「さっきのなぞなぞは気にしないでいいからね」

「え、でも――」

あなたの娘に好かれたいから、わかるようにがんばる。

と言う踏ん切りは持てず、渚は言葉を飲み込んでしまう。

「とにかく、気にしないで。子供のなぞなぞだからね」

向井はそう言って笑ったが、子供のなぞなぞだからこそ、渚は答えたいと思う。たとえそれが、彼の気を引きたいからだとしても。

そんなことを考える自分がいやで、それからモヤモヤした気持ちが胸に渦巻いていた。わからないからって彼をあきらめるのか、とか、答えないまま結婚できたとしても、雪穂は心を開いてくれないのではないか、とか……。

答えがわかっても結婚できないかもしれないし、雪穂とも仲良くなれないかもしれない。そもそもそんな段階でもないのは、渚も重々承知だ。

様々な可能性を考えて、彼が言うようになぞなぞのことを忘れようとしたり、やっぱり答えを見つけようとしたり、いっそもう会わないようにしようと思ったり——と揺れ動くのに疲れ切っていた。

深理に相談できて、少しほっとしたけれど、そのせいでまた心乱れることも出てきた。深理はわかるのに、自分はわからない、という事実だ。もちろん、その答えは間違っているかもしれない。教えてもらって答えても、それは自分が見つけた答えではない。どうしたらいいのか、という答えも、見つからないままだ。なのに、

「ヒントでいいから、教えてほしいな」

すがるような声が出てしまう。そんなつもりはないはずなのに。でもそうなんだろう。渚にとって一番大事なことは、なぞなぞの答えを知ることだと、今は思えた。

「うーん、ちょっと調べてからでいい？」

「もちろん」

「わかったらすぐに連絡するから」

「ありがとう」

やっぱり深理に相談してみてよかった。たとえわからなくても、とりあえずこれで充分だ。

「それで、話って？」

自分のことばかり話してしまったが、実は今日は、深理の方から「話がある」と呼び出されたのだ。

「ああ――そうだったね」

深理は思い出したように言う。

「実は、猫の面倒を見てもらえないかなって思ってて」

「え？」

ついに来た、と渚は思う。あの約束を、深理は憶えているのだろうか。

渚がついた「嘘」には続きがある。これも冗談にすぎないことであるが。

深理が、

「一人暮らししたら、猫を飼うんだ」

と目を輝かせて言ったあと、

「渚ちゃんも猫が好きなら、あたしが旅行とか行く時、預かってもらえるね」

と言った時、渚は、

「うん、預かってあげる」

と言ってしまった。

そのまま大きくなるにつれて、預かるなんてこと、できっこないと思い知った。幸い、そんな機会もなく大人になったけれど――ついに来てしまった。

「面倒って言っても、預かってっていうんじゃなくて、あたしの部屋にしばらく通ってほしいの」

ひそかに安堵《あんど》する。いや、まだそれどころではないが。

「近いうちに仕事で長期出張があるんだ」

「そうなの？」

深理の実家は雑貨のセレクトショップをやっている。商品の買い付けのために出張もあるということは聞いていた。

「その時にうちに来て、猫の世話をしてほしいの」

なんであたしに？　と言いそうになり、ぐっとこらえる。あたしは深理に「猫が好き」と思われているんだから。けれど、猫を飼ったことも、面倒を見たこともないのだ。

そんな自分に、なぜ大切な猫を預けようって思ったの？

「フードは自動給餌器《きゅうじ》があるから、それが少なくなっていないか点検して。あとはトイレの掃除くらい。やり方は教えるよ」

「……水は？」

「水入れも、いくつか置いてあるから、一日に一回取り替えてくれたらいいよ。たまに遊んであげてくれるとうれしい」

猫とどうやって遊べと⁉

「でも……人見知りなんでしょう？」

だからこうして外で会っているのだし。

「そうだったねー。じゃあ、遊ぶ必要はないかも」

それでは猫の世話をする必要はないではないか……。しかし、ある意味経験のない渚としては助かる。

「もちろん、ちゃんとバイト代は払うよ」

深理が提示した金額は、渚の予想を超えていた。もしかしてただ来て、多少の作業だけで猫の相手もせずに帰ることになるかもしれないのに。

「毎日ってけっこう大変だよ。それにペットシッターさんを頼んだら、普通それくらいにはなるし」

「けど、あたしはペットシッターじゃないよ」

プロと同じ働きができるとはとても思えないが。

「友だちだから、安心できるじゃない？」

そういうものなのかな……。猫が出てこないのなら、見知らぬペットシッターよりも知っている人の方が安心できるのかもしれない。何しろ鍵を預けるんだしなあ。

結局、渚は猫の面倒を見るため、深理の部屋へ毎日通うことを承知してしまった。

あの日は帰りに彼女のマンションへ寄って、自動給餌器の取扱いや、フードやトイレの砂がしまってあるところ、緊急連絡先（動物病院や、実家や隣県に住んでいるお姉さんなど）など、とにかくこまごまと教えてもらった。

深理の部屋は、玄関を開けるとほんの少し廊下があり（「猫がドアから出にくい間取りを選んだんだよ」と言っていた）、奥に八畳ほどのＬＤＫとふすまで仕切られた和室がついていた。ふすまは開けられているが、猫二匹はそこの押し入れに入ったまま出てこない。

「猫は両方とも雑種のメスで、だいたい六〜七歳くらいだって」

野良猫だったので、はっきりした年齢はわからないようだ。写真を見せてもらった。いかにも和風なキジトラ猫と、白地に顔や足に黒いポイントのある洋猫風の子だ。名前は、キジトラ猫が「ごま子」、洋猫が「もち子」。

「近所に保護猫を預かって里親探してる人がいて、そこでずっと一緒だったんだよね。姉妹みたいに仲がよくて、見た目が全然違うのに、性格がそっくりなの。ものすごくビビリでね」

くっついて寝ている写真がとてもかわいいが、多分渚は見られないだろう。

「猫が慣れたら、泊まっていってもいいよ」

他人《ひと》の家に一人でそんなに長居するつもりはない。留守番みたいなものだけど、居住者はむしろ猫なんだから。

渚はおそるおそる鍵を開けて、深理の部屋へ入る。奥の部屋に灯《あか》りがついているのがわかる。猫たちは居間と和室を自由に行き来するが、寝るのは和室で、そちらのカーテンは閉めてあって暗い。居間のカーテンは半分開けられていて、防犯のためにずっと灯りをつけておいてくれと頼まれている（レースカーテンで中が見えないようにはなっている）。

猫を飼っているせいだろう、ちょっと独特な匂いがする。窓を開けて換気をするのも頼まれごとの一つだ。

ガランとした部屋にはカタリとも音がしない。猫は押し入れで息を潜めているらしい。

「あたしが入ってきても隠れることないから、なんでわかるんだろうね」

と深理は言う。猫って不思議だ。

ダイニングの椅子に座って、ちょっとひと息入れる。

深理の頼みを引き受けたのには三つの理由がある。例の「約束」のせいで「猫の面倒は見たことないから」と正直に言って断る勇気がなかったというのが一番大きな理由だ。あと忙しさを言い訳にできないところも。今の時期は幸いなことに残業はほとんどない。最後の一つは——夜がヒマだから。

雪穂がいるので、向井とは夜会うことはできない。社内では部署が違うし、たまに外で一緒に昼を食べたり、雑談をすることはあるが、つきあっていることはなるべく内緒にしている。社内恋愛は、少しめんどうくさい。

それは別にいいのだが、やはり寂しい。家にいると、時間が進むのがとても遅く感じることもある。一人の時間を楽しめなくて、テレビやネットをダラダラ見ているうちにビールをたくさん飲んでしまったりして——虚《むな》しく、無駄な時間を過ごしている、と感じるばかりだった。

深理の部屋は、渚のマンションがある路線の数駅先で、ほんの少し寄り道だ。あとは家に帰って風呂に入って寝るだけ。

ちょうどいい時間つぶしになる、と思ったのは否《いな》めない。

渚は椅子から立ち上がり、まずは自動給餌器を点検した。初日なので、特に減ってはいない。皿は少し汚れていた。

「ドライフードだからあまり汚れないけど、お皿は一応毎日洗ってね」

と言われている。

「台所も好きに使っていいからね。冷蔵庫にはほとんど何も入ってないけど」

渚は皿を洗い、拭いて、またセットする。

トイレには、砂に埋もれたうんちがあった。

「二匹いるからトイレは二つあるんだけど、あたしがいない間は一つ増やしておくね。トイレが汚れていると外にしちゃうこともあるから。あまり粗相しない子たちだけど」

うんちは思ったよりもずっと臭くて、とても驚く。部屋の独特な匂いは猫の体臭なんだろうか、と思っていたが、どうもこの排泄物のせいのようだ。

「トイレのおしっこシートも一週間に一度取り替えて、ゴミの日の前日にうんちと一緒にマンションのゴミ捨て場に捨てておいてね」

深理に言われたことはちゃんとメモってある。人によっては「細かい」と思うかもしれないが、仕事と思えばそんなに難しいことではない。その証拠にすぐに終わってしまった。ゴミ捨てがあったとしても、三十分もかからないだろう。

猫はやっぱり出てこない。呼んだら出てくるかな？

「ごま子〜……もち子〜……」

誰もいない家の中で声を出すことに慣れてなくて、遠慮がちになる。もう少し大きい声じゃないと聞こえないかな？　それはさておき、他人の猫を呼び捨てってどうなの？　と思ったあげく、

「ごま子さん〜……もち子さん〜……？」

結局、中途半端で変な声かけになってしまう。もちろん猫は出てこない。さっきより声が小さくなってしまったし。

「怖がるっていうか、慣れてないことには慎重なんだよ。そのうち出てくると思うよ」

深理にはそう言われたけれど……まあ、今日は初日だし……もうすることもないから、渚は帰ることにした。滞在時間、やはり三十分もなかった。

「失礼しまーす……」

なんか仕事先から帰るみたい、と思ったが、一応バイトだからそうか、と考え直し、ちょっと笑みがこぼれた。部屋の中の猫たちにとっては修羅場の時間だったかもしれないけど。

帰りの電車の中で深理にメッセージを送る。

『初日、終わりました。猫たちは出てこなかったよ。だから写真はなし』

やった、みたいな証拠写真でも撮ればよかったのかしら、と思うが、何を写せばいいのか。

深理からすぐに返事が来る。

『ありがとう！　そうかー、やっぱり出てこないかー』

笑い顔の絵文字などがついている。

『ごめんねー、明日もよろしくね！』

実はバイト代はもう振り込まれていたりする。銀行口座を教えたら、次の日にはもう入っていた。あとからだと思っていたから、ちょっとびっくりした。移動時間も含めて、一時間程度の寄り道に、こんなにもらってもいいんだろうか、と恐縮しながら、渚は帰宅した。なんとなくいつもより疲れている。やはり緊張していたのかな。だから、お風呂に入ってすぐに寝てしまった。一人が寂しいなんて考えるヒマもなく。

明日は猫、出てくるかな……。

毎日通っても、猫たちは姿を見せなかった。

特に期待をしていたわけではなかったので、それはいい。ただちょっといいことというか——向井にこのことを話したら、雪穂が興味を持ったと言ってきたのだ。

「猫の名前を教えてって言ってたよ」

ごま子ともち子と教えると、「すごくかわいい！」と喜んでいた、とメッセージが来た。他人のうちの猫でもすごく喜ぶのが猫を飼っている人の特徴なのか、それともそれは雪穂の特性なのか、渚にはわからなかった。

「今度写真見せてって」

とも言われたので、深理にそのようにメッセージをしたら、

『どんどん見せていいよ！』

でも、とにかく出てこないからなあ……。

そういえば、あのなぞなぞのことはどうなったんだろう。雪穂もあれ以来言わないし、深理も答えを教えてくれない。一瞬、「答えわかった？」と深理に訊こうか、と考えたが、仕事で忙しいのにそんなことでわずらわすのも悪い。とりあえず書きかけたメッセージは削除した。

けどやっぱり答えは知りたい。もう一度よく考えてみる。

「青は赤、金は緑」――二つを切り離して考えた方がいいんだろうか。「青は赤」？　信号？　でも青は「緑」とも言うし……では、「金は緑」って？　宝石？　金は「金」あるいは「白金」？　緑はエメラルド？　じゃあ、「青」はサファイアで「赤」はルビー？

色に関連するものをいくつも思い浮かべても、何もひらめかなかった。どうして深理

はわかったんだろう。やっぱりヒントとして聞いておけばよかった。たとえ間違っていても、そこから何か連想できたかもしれないのに。

結局、寝る前までいろいろ考えたけれど、わからなかった。深理が出張から帰ってきたら、ゆっくり訊いてみなければ。

一週間ほど初日と大差ない作業をして帰る日々が続いた。その間に渚は、夕飯を深理の部屋で食べるようになった。最初の三日くらいは自分の家に帰ってから食べていたのだが、駅前においしそうな惣菜店を見つけてしまったのだ。

『あそこおいしいんだよ！』

と深理も太鼓判を押していたので、ついお弁当を買ってしまい――自宅に持って帰ったら冷めてしまう、と思って、つい食べてしまったのだ。

お弁当は本当においしかった。自分の家や会社の近くにあればいいのに、と本気で願うくらい。同じようなおかずなのに、どうしてこんなに味が違うのか。

深理の家で夕飯をすますと、帰ってからが楽と気づいた。温かいお茶が飲みたくて、マグカップやティーバッグも持ち込んでしまった。図々《ずうずう》しいかな、と思ったけれど、台所はちゃんときれいにして帰るから許して。

食後にお茶を飲んでくつろいでいると、深理の本棚が目に入る。昔はよく本を貸し借りしあったな。渚は最近ほとんど読む時間がないけれど、深理は今でもよく読むという。

「でも、ほとんど電子書籍で買うんだ」

小さな本棚に収められているのは、どうしても紙で持っていたいものとか電子書籍では手に入らないものだそうだ。その中の一つのタイトルが気になって、ちょっと手に取る。外国のミステリー小説のようだ。

最初の方だけパラッと読もうかな、と開く。二、三ページだけ、と思っていたのだが、あれ、けっこう面白いかも、先が気になる——と読みふけってしまって、気がつくといつの間にか三十分以上たっていた。

「えっ？」

驚いて声が出るほど。本ってこんなにも時間感覚がなくなるものなの？

あわてて片づけをして、家を出た。ガタガタさせて猫に悪かったかな、と思ったが、やっぱり出てこなかった。

『あの本、面白かったよ！』

最近は帰りの電車の中で深理にメッセージするのが習慣になっていた。

『でしょでしょ！　先が全然わかんないんだよ！』

確かに。借りていこうかと思ったくらいだ。でもそれってどうよ……。深理はいつものように、

『持って帰ってもいいよ～』

と言ってきたけれど。

『ううん、いい。明日続き読む』

『ずっと持っててもいいよ』

渚はその物言いが少し気になった。なんだかいつもの深理とは違う気がする。どこがどうというのはわからないけど、なんとなく……。

『気に入ったものがあったら、持っていってもいいよ』

気前が悪いわけじゃないけど、そんなこと言われたのは初めてのような気がした。もしかして、疲れていて、適当なこと言ってる？

『仕事忙しいの？』

『そうだね、忙しいかも』

頻繁に更新していたSNSも最近はほったらかしだ。ほとんど猫写真だったから、仕方ないのだろうが。

『無理しないでね』

『うん、わかったー』

やたらテンションの高いスタンプが貼られていた。昔から、行動する前に考え込む渚と比べて、深理はフットワークが軽かった。バイタリティのある彼女がずっとうらやましかった。「疲れた」なんて言葉は聞いたことないな。今も別に言っていないけれども……本当に無理しないでほしい。

明るいスタンプを見ながら、多分、気のせいなんだろう、と思った。

次の日――仕事中も本の続きが気になって仕方がない。駅に向かう足が必然的に速くなる。

それでも惣菜店のいい匂いには惹《ひ》かれてしまう。今夜はおにぎりとできたての唐揚げやコロッケやサラダを買ってしまった……。カロリーの高いものばかり。唐揚げ一つ試食までさせてもらって何も買わないのも悪いかな、とか考えたのがいけなかった。

途中のコンビニで小さな缶チューハイまで買ってしまった。唐揚げに合いそうだから。何をしているのかしら、あたし。深理の部屋でついに酒盛りをするつもり？　でも、誘惑には勝てない……。

さっさと猫トイレの掃除などをして、ゴミをまとめた。おにぎりを食べ、まだ温かい唐揚げを肴《さかな》に本を読みながら缶チューハイを飲む。深理が大事にしている本だから、絶対に汚さないようにしなければ。

しかし結局、ほとんど飲まず食わずで、渚は本に没頭してしまった。やばい、もうだいぶ時間がたっている、そろそろ帰らないと、でもやめられない——そう思いながら読んでいると、突然、誰かに見られているような気がした。これは……窓から？

そうだった、カーテンが半分開いている。換気をしたあと窓は閉めたけれど、カーテンはいつもいじらないようにしている。そこから、誰かがのぞいている⁉　え、でも、レースカーテンは引かれているはず……？

おそるおそる視線を感じた方に目を向けると——窓の下に、猫がいた。こっちを見ている。洋猫風の子で、一匹だけだった。猫なのに、まん丸な目をしている。

「え⁉」

びっくりしてちょっと大きな声を出したら、猫はぴょん！　と飛び上がって、和室へ駆け込んでいった。すごい、おもちゃみたいに跳ねた！

また大きな声を出しそうになるのをやっとこらえるが、猫はまた押し入れに入ってしまったようだった（和室をのぞいたけど、誰もいなかったから）。

胸がドキドキしていた。猫がいてびっくりもしたけれど、どちらかというと押し入れから猫——もち子が出てきていたことに驚いていた。全然わからなかったから。

「もち子さーん……？」

和室で声をかけてみたが、反応はない。写真では見たことがあったが、実際に見てみるともち子はとてもゴージャスに見えた。なんだっけ、ペルシャ？　とかいう高そうな猫みたいだった。顔の周りの毛が長くて、しっぽも長くてモサモサしていた。「もち子」という和風の名前はかわいいけど、どちらかというと「エリザベス」みたいな雰囲気だ。ああいう雑種もいるんだな。けど保護猫だというから、ペットショップの子だったのかもしれない。迷子になったか、捨てられたのか。ごま子はどんな子なんだろう。もち子よりもビビリなんだろうな——。

もち子を見たせいなのか、これまでの人生で考えた分を超えるくらい、猫のことを考えてしまった。しかしもう出てくる気配はないので、片づけをして帰ることにする。

「ごめんね〜、びっくりさせて……」

なんとなくそんなことを言って、そそくさと深理の部屋をあとにする。

まだドキドキしていた。猫が呼ばないのに出てきたのにもびっくりした。あんなに近くに来るまで、全然わからなかった。猫って忍者みたいだな。

あまりにも面白かったので、深理だけでなく、向井にもメッセージを送る。写真が撮れなかったのは残念だ。仕方ないけど。

すると、向井からこんなメッセージが来た。

『雪穂が電話でしゃべりたいって言ってるけど、いいかな？』

「えっ⁉」

電車の中で思わず声が出てしまう。周囲の人が振り向くほど。きっと、さっきもこんな声出ていたんだろうな。ぺこぺこ頭を下げてから、

『じゃあ、家に帰ったらメッセージします』

と返す。

帰宅してメッセージを出すと、向井から電話がかかってきた。すぐに雪穂に替わる。

「猫の話が聞きたくて」

雪穂の言葉が、とてもうれしい。渚ではなく猫のことにしか興味がなくても、全然かまわない。

渚はさっきのもち子の様子を事細かに話した。

「びっくりしてぴょんって飛び跳ねたんだよ」

そう言うと、雪穂は笑った。

「すごくビビリなんだって」

「そうなんだー」

「雪穂ちゃんちのとらおくんはどうなの？」

「すごく人なつこいよ」

「知らない人が来ても隠れたりしないの？」

「しない。お客さんの膝に乗ったりするの」

猫ってなんとなくそういうイメージがあったけれど、深理の部屋に行くようになって、もち子たちのような猫もいると初めて知った。人間と同じだな。

しばらく雪穂はとらおの話をして、向井と再び替わった。

「ごめんね、突然。ありがとう」

「どういたしまして」

電話を切ったあと、話している間、雪穂が敬語を使っていなかったことに気づいた。ちょっとした進歩だ。猫たちとも、雪穂とも。

なぞなぞの答えがわからなくても、仲良くなれるかもしれない。


次の日、深理の部屋に近づくにつれてドキドキしてきた。

果たして昨日のようにまた猫が姿を現すだろうか？　と居間へのドアを開けると——

床に嘔吐《おうと》のあとが。

「ひゃあぁ～！」

変な声をあげてかろうじて避ける。こんなところにそんなものがあるなんて思ってなかったから、踏みそうになってしまった。

「猫はよく吐くから」

と深理から言われていたが、自分がそれを信じていなかったことにも気づいた。こんなに吐いて……身体は大丈夫なんだろうか。思わずメッセージを送ってしまう。

『大丈夫だよ。何日か続けて吐いてたら、教えて』

と言われたので、とりあえずそれで納得して、教わったとおり掃除をする。こんなこと、やったことない……。子供の頃は親に片づけてもらったし、ある程度大きくなったら嘔吐なんてほとんどしない。お酒も吐くまでは飲まない。あ、ノロウイルスにかかったことはある。だが、その時はもちろんトイレで吐いた。

床はフローリングなので掃除はすぐ終わったが、押し入れの中とか大丈夫なんだろうか……。布物に吐いた時はどうしたらいいんだろう。洗濯機を使っても、どこに干せばいいのか。

「ゴミとしてビニール袋に入れて置いておいてくれればいいよ」

と周到な深理には言われているのだが。洗濯しても仕方ないのかもしれないから、言われたとおりにした方がいいのかもしれない。

気を取り直して、トイレなど掃除し、フードの補給もした。

そして、昨日と同じように素知らぬ顔で本を読み始める。

しかし、昨日ほど集中できない。先ほどの出来事もちょっとひきずっているが、とにかく和室の方で何か音がしないかと耳をすましているからだ。でも昨日は昨日、今日は今日だ。猫は気まぐれと聞くし、やっぱり出てこないかもしれない。

昨日驚かせちゃったし、さっきも変な声出したからなあ——と思っていると、かすかな音が——高いところからそっと何かが落ちたような音が聞こえた。しかし、すぐには振り向かない。

集中していると、けっこう猫の足音も聞こえる。本当にかすかにだが、気配を感じる。かなり近づいた、と思った時、ゆっくりとそちらの方に顔を向けた。

背後にやはりもち子がいた。こちらを向いた渚に気づき、足を止めたが、昨日のように飛び上がったりはしなかった。こちらを凝視している。固まっている、とも言えるだろうか。目が真っ黒に見えるのは、暗くて瞳孔《どうこう》が開いているから?

渚は、さっそく隠し持っていた猫じゃらしをもち子の前に差し出してみる。

「もち子さん、ほらほら」

大好きなおもちゃの登場に、もち子はゆっくり歩み寄ってくる。

しかし残念なことに、渚は猫じゃらしの扱いがわからない。振るだけでじゃれるから「猫じゃらし」と言うのだろう、と思ったが、もち子は首を左右に動かすだけで、一向に飛びつかない。

「あれ～……？」

次第にもち子の表情が変わっていくのに気づいた。え、もしかして失望させた!? 猫ってそんな感情が顔に出るものなの？

よく見ると、瞳孔がさっきより小さくなっていて、それで表情が変わっていたのだ。真っ黒に見えたもち子の本当の目はなんと青かった。薄い青——水色というべきか。さすが洋猫風。とてもきれいだった。

目をじっと見ていて、手がおろそかになったせいなのか、やがてもち子はきびすを返して、和室へ引っ込んでしまった。なんだかあきれられたような雰囲気で……。やっと出てきてくれたのに。

何がいけなかったんだろうか……。

深理に報告すると、

『あー、もち子を猫じゃらしで遊ばせる時には、ちょっとコツが必要なんだよね。動かし方にこだわりがあるみたいで』

何それ!? なんと気難しい……。

『ごま子はどう振っても喜ぶんだけど』

と言われてがっくりしてしまった。

『もち子は、ねずみのおもちゃを投げてあげると、持ってきてくれるよ』

そのあと、「もち子こだわり」の猫じゃらしの動かし方とか、声かけ（「かわいいね～」とか「偉いね～」とか）をしてあげるともっと喜ぶとか、いろいろ教えてもらった。

声かけは、ちょっとハードル高くないかな……。

あーあ、失敗した。写真も撮るの忘れた。

『うちの子たち、カメラは怖がらないから、どんどん写真撮ってね！』

と深理から言われているし、撮ったら雪穂にも送ろうと思っていたから……ちょっとがっかりしてしまった。

そこへ追い打ちのように、雪穂から（正確には向井から）メッセージが来た。

『猫と仲良くなれましたか？』

また敬語に戻ってしまったが、これはメッセージだから、と思いたい。

『失敗してしまったよ』

と返したら、

『どんな失敗したの？』

とたずねてきた。くわしく説明すると、やはり猫じゃらしのレクチャーをしてくれた。深理とはまた違う動かし方を！　これは多分、とらおが好きな動かし方なんだろうなあ。

次の日から、もち子はけっこう早い段階で出てくるようになった。掃除が終わり、渚が本を読み始めると出てくる。

深理に教えてもらったとおり、ねずみのおもちゃ（中に鈴が入っていて、ちりちり鳴る）を投げると、すごい勢いで追いかけていく。そして、くわえて持ち帰ってきて、

「もう一回投げろ」と言うように落とすのだ。おお、犬みたい。賢いな！

思わず、

「いい子だね〜」

と言ってしまった。自然に出たことに、自分でも驚く。

何度も何度もそれをくり返す。最初は楽しかったが、だんだん渚は飽きてきた。しかし、もち子は飽きない。喜ばしいことかもしれないが、そろそろ帰りたい……こちらの都合を優先させてもらってもいいものだろうか……。

何回目かわからないけど和室へおもちゃを投げ込んだ時、奥の方で何かが光った。驚

いたが、声はなんとか我慢する。もち子が持ってくる間に何か確認すると、いつの間にか押し入れから降りていたごま子だった。遊んでいる渚たちをじっと観察している。暗い中で金色の目を光らせて。

わー、びっくりした。猫の目ってあんなに光るんだ。なんて不思議な色。光の反射によって色がいろいろ変わる。

渚は猫じゃらしをごま子に向けて振ってみた。ごま子はじっと見つめていたが、やがて静かに押し入れに戻っていった。「何してるか確認しただけだから」みたいな感じだった。

もち子はごま子の登場で気が変わったらしく、毛づくろいをし始め、終わるとまた押し入れに入っていった。

また写真が撮れなかった……。

深理と雪穂になぐさめられながら、渚は猫たちと遊んだ。

ごま子も次第に近寄ってきて、猫じゃらしにもじゃれるようになった。丸い顔、短いしっぽ、がっしりした身体がいかにも日本猫的で、もち子とはかなり対照的な外見だ。

実は彼女の方が遊びたがりのようで、もち子のおもちゃを横取りして猫パンチをくらったりしていた。

その様子をなんとかスマホのカメラで撮ったけれども、ブレブレで、一つとしてちゃんとした写真がない。猫たちが遊んでいる間に撮るから、じっとしていないので仕方ないのだが。

それでもがんばって撮る。何枚も続けて撮っていると、猫が不機嫌になるので（「手が止まってる！」みたいに怒る）、遊びと撮影のバランスが難しい。動画の方がいいかと思ったが、ずっとスマホの画面を見続けることが困難で、結局何も映っていなかったりする。

とにかく撮れたブレブレの写真を、深理に全部送る。飼い主には送らなくては、という妙な使命感があるのだ。彼女はこんな写真でも、すごく喜んでくれた。

『めっちゃ楽しんでるね！』

それって猫が楽しんでいるのか、渚が楽しんでいるのか――どっちだろうか。渚は、自分が楽しんでいることを自覚していた。猫が出てきてくれて何日かたつと、二匹がそれぞれ普通にトイレに入るようにもなった。それがとてもうれしかった。渚の存在がストレスになっていないということだからだ。

たまにうまく撮影できた時は、雪穂にも写真を送る。すると、お礼にとらおの写真を見せてくれるのだ。とらおはオスなのにまだ子猫みたいな外見で、もち子とごま子の方がよっぽど貫禄があった。特にもち子は毛がちょっと長いので、大きく見えるのだ。

その頃、深理が家に戻ってくる日が決まった。ようやく仕事が落ち着いたらしい。

『来週の土曜日に帰るから』

あと一週間もない。

猫たちはだいぶ慣れてきて、最近では渚がやってきても隠れなくなった。ただ、遊ぶ時以外は近寄ってこないし、そういう時にちょっとだけ撫《な》でられるけれど、気軽には触れない。掃除をしている間は、暗い和室からじっと観察されている。というか、何か粗相がないか監督されているみたいだった。二匹がきちんとそっくりに座っている様子がなんだか人間ぽくて、すきを見て写真を撮ったりした。暗いからブレている。でも、目が光っていた。あっ、もしかしてフラッシュというか、ライトがついてしまったんだろうか⁉

猫の目にはフラッシュはよくないってネットで読んだ（ちょっといろいろ猫について

調べたのだ)。大丈夫だろうか。これは、目にダメージを与えてしまったということ?

その写真を深理に送り、

『ごめんね、フラッシュたいて撮っちゃったかもしれない』

とメッセージすると、

『渚、その写真、よく見て』

という返事が。え、何?

『なぞなぞの答えがそこにあるよ』

なぞなぞ?

最近、忘れていた。この間の日曜日、向井と雪穂と一緒に出かけたのだが、猫の話で盛り上がり、以前のような気まずさがなくなっていた。雪穂もなぞなぞのことを言わなかったし、渚もよくよく考えることを忘れていた。

答え? 写真に?

渚は家に帰って、猫たちの目の光った写真をよく見た。

「あー――」

もち子の青い目は赤く、ごま子の金色の目は緑色に光っていた。

青は赤、金は緑。

そうか。そういうことだったんだ。

でも——実は渚は気づいていた。もち子が遊んで興奮すると、瞳孔が赤くなることに。ごま子が暗い中でこっちを見ている時、やはり瞳孔が緑色に見えることにも。

だがそれは、気のせいかも、と思っていた。なぞなぞと結びつけても考えなかった。

全然違う答えだと思っていたから。

渚は、雪穂の本当の気持ちをわかっていなかった。

次の日、渚は向井に、

「なぞなぞの答えがわかったから、雪穂ちゃんと話したい」

と言った。

「わかった、夜、電話するよ」

深理の家にいる間に、雪穂から電話が来た。

「なぞなぞの答えがわかったよ」

「ほんと？」

「『青は赤、金は緑ってなあんだ?』――猫の目のことでしょう?」

「当たり!」

雪穂は驚いたような声を出した。猫の目の網膜の下にはタペタムという反射板のようなものがあり、そこに光が当たると青い目の猫は瞳孔が赤く、金色の目の猫は緑色に光ることが多いらしい。

「答えわかった人、初めてだよ!」

「猫を見てたら、わかったよ」

雪穂は、向井が――父親が今までつきあった女性には必ずこのなぞなぞを出していたらしい。それはさっき向井に聞いたことだが、渚は薄々気づいていた。おそらく自分の母親になるかもしれない女性を、あのなぞなぞで試していたのだろう、と。

渚はそれを、父親の妻として、そして自分の母親として見極めるためだと思っていたが、そうではなかった。

雪穂にとって一番大切なことは、自分の猫を大切にしてくれる人――父親が結婚するなら、本当に猫好きな人であってほしいということだったのだ。

でも、そういう人たちに「猫好き?」と訊いたって、たとえ嫌いであってもおそらく正直に答えてはくれないし、「好き」と答えたからって本当に好きかはわからない。渚のような「好き」だってあるのだし。

そのために、猫をちゃんと観察しなければわからないあのなぞなぞを、雪穂は保育園の頃に考えて、ずっと出し続けていたのだ。猫好きな人とだったら、きっと仲良くなれる――そう思っていたのかもしれない。

向井としては、とにかく雪穂が承知しなければ再婚はしないと考えていたから、そのなぞなぞに関しては仕方ないと思っていたという。

「とらおくんの目は金色だけど、青い目の猫のことはどこで見たの？」

「おばあちゃんちでラグドール飼ってて、その子の目が青いの」

「そうなんだ」

そのあと、「今度、とらおと会ってね」と雪穂から言われて、渚は承知し、電話を切った。

深理に、

『なぞなぞの答え、合ってた！』

とメッセージを送ったら、

『よかった、よかったね。本当によかったね』

と何度も言ってくれた。

もしかして深理は、このために、猫たちの面倒を見させたのだろうか。あのなぞなぞの答えを、やっぱりわかっていたんだな。


深理が家に帰ってきた。

その日渚は、彼女が帰ってくるという時間に部屋で待っていた。一ヶ月ぶりの再会だ。

「ただいま〜」

と言いながら深理が部屋へ入ってくる。鍵が回った瞬間の猫たちの反応は見たことがなかった。くつろいでいた猫ベッドから飛び出し、玄関へ走っていく。

うわー、全然態度が違う！　さすが飼い主。

「おー、よしよし、帰ってきたよ〜、長い間留守にしてごめんよー」

しかも何やらナゴナゴ猫たちがしゃべるように鳴いている。文句を言っているみたいだ。

「はいはい、おやつ買ってきたよ、あとで食べようね〜」

深理が歩きだすと猫たちが足にまとわりつく。すごく歩きづらそう。そこでようやく渚に気づいたように、深理は苦笑いを浮かべる。

「ごめんごめん、渚、ありがとうね」

猫たちの機嫌をとりながら、深理は言う。

「深理……なんだかやせてない？」

もっと頬がふっくらしていたはずなのに。そんなに仕事がきつかったの？　でもそんなことってある？　ただの買い付けでしょ？　それに、一ヶ月もかかるってことある？　いや、仕事はいろいろあるから、ありえないことじゃないだろうけど……こんな、面変わりするほどやせるって、あるの？

「あ、やっぱりわかった？」

深理は居間のソファに座った。なんだか疲れているみたい。

「あ、お茶いれるね」

すぐに立ち上がろうとするが、膝にはごま子が乗ろうとしていた。

「いいよ、あたしいれるよ」

勝手知ったる台所で、紅茶をいれる。

「ありがとう」

ふーふーしながら深理は紅茶を一口飲む。膝にごま子を、隣にはもち子がくっついている。

「あー、おいしいね」

その様子が本当にうれしそうで、渚はなぜか涙ぐみそうになる。

「あの……なぞなぞの答えのこと、ありがとう」

渚の言葉に、深理はきょとんとした顔をする。

「あたしが答えわかるように、猫の面倒見させてくれたんでしょう?」

しかし深理の答えは、

「違うよ」

だった。

「じゃあなんで?」

「約束を守ってもらいたかったから」

「え……?」

「あたしの猫を預かってくれるって約束したよね?」

約束。あの約束？

渚は言葉も出ない。やっぱり憶えていたんだ。そしてやっぱり、あたしの嘘がわかっていたんだ……。

「なーんてね。嘘だよ」

深理がふふっと笑って言う。

「そんな顔しないの」

どんな顔してるの、あたし……。

「渚があまり猫に興味がないことなんて、ずっと前から知ってたよ」

「え……」

「ずっと気にしてるのかなとも思ってたよ。渚は真面目だから。でも、改めてそんな話をするのも変だな、とも思ってた」

深理は真面目な顔で話しだした。

「うちの猫の面倒を見てほしいって頼んだ時、ほんとは別のことを話すつもりだったの」

「何？」

「あたし、この一ヶ月、ほんとは出張なんかじゃなくて、入院してたの」

——もしかして、と思ったことが当たっていた。

「やっぱり……」

こんなに急にやせるなんて……病気としか思えない。

この一ヶ月、メッセージだけで会話していたけれど、渚は何度か電話もしていた。しかしそれは留守番電話につながり、深理が折り返してはくれなかった。今までそんなことなかったのに。深理の今の声は、一ヶ月前に比べて弱々しかった。入院中は声を出すのも億劫《おっくう》だったのかもしれない。

だから仕事で出張、と言いながら、それは本当だろうか、と考えていた。何度か深理の実家へ行って訊いてみようかと思ったこともある。でも、彼女が「出張」って言ってるんだから、とやめたのだ。

「渚はあたしに嘘を——嘘ってほどのことでもないのに、それを気にしていたけど、ほんと嘘が下手《へた》だよね」

深理は苦笑しながら言う。

「猫が苦手なら、『忙しい』って言って断ればいいのに、それもできなかった。あたしの方がずっと上手《じょうず》に、たくさん嘘をついたよ。病気になったことも、言えなかった。けっこう大変な病気らしいんだー」

病名を言われたけれど、まったく聞いたことのないものだった。

「離婚の本当の理由も言ってなかったね。前の旦那は、あたしの病気がわかったとたんに外に女作って出てったんだよ」

あっけらかんと言う。

「もちろん、慰謝料ぶんどって離婚してやったわ。相手の女からもね。こちとら病気なんだから、金がかかるっつーの」

渚は泣けてきてしまった。何も知らなかった。そんなひどい離婚だったなんて。「すれ違い」って聞いてたのに……。

「なんかいっぱいお金取れたし、先もあまり長くないみたいなことも言われたから、いっそずっとしたかったことしようかな、と思って、一人暮らしして、猫を飼ったの」

先が長くないなんて……そんなこと言わないで、と言おうとしたが、一番つらいのは深理なのだと思い、言葉をのみこんだ。

「あの日だって、つい『元気だよ』なんて嘘ついてたよ。病気のことを話そうとしてたのにね」

「じゃあ、猫は……」

「ペットシッターさんに頼むつもりだったの。いつもそうしてたし。ただ病気のことを渚に打ち明けたかっただけ。そろそろ言わないとヤバいかなと思ってさー」

おどけたように言う。

「それじゃどうして、猫の面倒を……？」

涙でうまくしゃべれない。

「あのなぞなぞはね――あたしも答えが合ってるか自信なかったんだけど……どちらにしても、その女の子はいっしょうけんめい考えたんだろうな、と思って。で、もしこの答えが合っているとしたなら、女の子は、渚が猫のことを好きだといいなと思って出したんだろうなって」

「なんでそう思ったの？」

「猫好きの勘かな。同類みたいな感じがした」

深理は笑いながら言った。

「それってあたしも同じ気持ちだって気づいたの」

「あたしに何かあった時、猫たちを渚に引き取ってもらえたらいいなって、ずっと思ってた」

「どういうこと？」

預かってあげる、と言ったあの約束——いや、嘘を、渚は後悔しながら思い出した。

「何かあったらって、そんな……」

その言葉を深理がどんな気持ちで言ったのか想像すると、胸が痛い。

「だから、せめてちょっとだけでも、猫のことを好きになってくれて、ついでになぞその答えもわかるといいな、と思って、あの子たちの世話を頼んだんだよ」

深理は笑う。

「猫のこと嫌いになるかもしれなかったんだけどねー」

「そんなことなかったよ……」

嫌いにならなくて、ほんとよかった。

「もちろん、好きになったからって、渚に預かってもらおうなんて思ってないよ。あの約束は、子供の頃のことなんだからね」

「でも、嘘ついたよ、あたし……」

「何言ってんの。今は？　今は猫のこと、好き？」

渚は、キャットタワーの上から不思議そうにこっちを見ている猫たちを見上げた。

「今もあんまり好きじゃない」

全然抱っこもさせてくれないし、気に入らないと猫パンチするし。あたしと深理を差別するし。

「やっぱり渚は嘘が下手だね」

……嘘も猫も初心者なのだ。

「これから絶対好きになるよ」

深理はそう言って、笑った。

カリカリの準備をしていると、家中にいた猫三匹が一斉に集まってくる。

とらおはまだ普通のフードだが、ごま子ともち子はシニア用だ。長生きをしてもらわなければ。

あれから五年たった。渚は向井と結婚して、男の子を産んだ。雪穂はとてもいいお姉さんになっている。

もち子とごま子は、今渚の家にいる。とらおとの相性もよく、雪穂とも仲良しだ。

でもこれは、あくまでも預かっているだけ。深理は今、実家で療養している。いつか病気を克服して、再び猫が飼えるまで、渚が面倒を見ているだけだ。

それは、深理との新しい約束だった。

もち子とごま子は、たまに深理に会うと、渚たちとは全然違う態度を取る。猫たちは全部わかっているのではないか、と思う時がある。飼い主はあくまでも深理であり、いつかまた一緒に暮らせることを、猫たちも望んでいる、と。

彼女の病気は治らないわけじゃない。完治した人だっている。だから猫たちのため、家族のため、そして渚のためにも「生きろ」と約束を交わした。

こうやって渚は猫を預かれるようになり、抱っこも猫じゃらしも上手になった。だから、深理にも約束を守ってもらわなければ。

その日はきっと来る、と渚は思っている。

スマホが震えた。深理からメッセージが来る。

『最近、体調いいから、ごま子ともち子に会いたい』

思わずこんな返事をしてしまう。

『その言葉、嘘ではないよね？』

だったら早くこの二匹を引き取ってほしい。ほんとに早く。一日でも早く。

『嘘じゃないよ』

深理からの返信を見て、渚の頬に涙が伝った。

猫たちは、ごはんの準備の手が止まったことに文句を言っていた。

効き目の遅い薬

福田和代

1　刑事

奇妙な事件だった。

私は、申し送られてきた調書に目を通し、その夜の情景を脳裏に描こうとしていた。

概要はこうだ。

洒落《しゃれ》たイタリアンの店で、女性と食事をしていた二十代男性が、急に体調を崩して倒れた。彼は救急車で病院に運ばれる途中、意識が戻らぬまま息を引き取った。

救急隊員が服毒を疑って警察に通報し、急行した警察官らは現場を保全して、会食相手の女性から事情を聞いた。

食事のコースは、デザートとコーヒーに移ったところだった。コーヒーを飲んだ男性が、急に苦しみ始めて倒れたのだという。警察官が調べると、男性のポケットからウイスキーのミニボトルの空き瓶が二本、出てきた。赤と青、二種類の液体が底に残り、どちらからも毒性のあるアルカロイドが検出された。

女性が言うには、その直前まで、男性は朗《ほが》らかに会話をしていた。特にふだんと変わった様子はなかった。服毒自殺する理由も思い当たらない。

(――ただ)

そう、女性は事情聴取に言葉を継いでいた。

(彼が飲んだコーヒーは、本来なら私が飲むはずのものでした。彼が目を離した隙《すき》に、私がこっそり入れ替えたんです)

毒物が入っていたミニボトルには、男性の指紋だけが残されていた。つまり、毒を入れたのは男性自身だ。男性が、女性のコーヒーに毒物を投入し、異変を察知した女性がコーヒーを入れ替えた。それだけの、単純な事件のようにも見えるのだが。

――なぜ、毒物のボトルが二本もあるんだろう?

おまけに、二色に分かれている。それが、どうにも引っかかるのだ。

2　アンクル

「あの薬が効いたんや」

通称「もっさん」こと、望田《もちだ》遼平《りょうへい》がまじめくさった顔でそう言ったとき、私は口に運ぼうとしていたチャーシューを、あやうく取り落とすところだった。

「え――」

「アンクルにもらった、例の〈惚《ほ》れ薬〉が効いたんやで。おまえのおかげや」

冗談を言ってるのかと思ったが、表情を窺《うかが》ったところ、望田は本気でそう考えている様子だ。ちなみに〈アンクル〉というのは、大学時代の私のあだなだった。十代のころから、なぜか「おっさんくさい」と言われていて、大学入学後、常にかたわらにいた望田がそう呼び始めると、みんながそれに従うようになった。少年少女は容赦がない生き物だ。

「つまり、それって――」

「ミーナが俺とつきあうって。昨日、食事の帰りに返事くれたんや。どないしよう、今でもなんか信じられへんわ。あのミーナが、俺とつきあうんやって！」

望田が頬に手を当て、四角い顔をいやいやをするように横に振った。

「キモいから、やめれ」

「せやけど、ほんま嬉しいやん」

下駄のように角ばった顔立ちに、味付け海苔《のり》のような黒々とした眉をキリリとくっつけた望田は、見た目の印象としては、繊細そうとは言いかねる。

むしろ豪快。日焼けしたスポーツマン。他人の意見などものともせず、天上天下唯《てんじょうてんげゆい》我独尊《がどくそん》、ブルドーザーのように砂を蹴立てて突き進むタイプに見える。

その彼がこんなに舞い上がっているのは、ミーナこと、和久津三奈《わくつみな》という、元ミスA大の女性のせいだ。ミーナといえば、同時期にA大にいたほぼすべての男子学生の憧れだったと言っても間違いではない。

彼女が望田のカノジョになるのかと思うと、ちょっぴり妬《ねた》ましい気分になった。

ただ容姿が美しい若い女性なら、御堂筋《みどうすじ》を十五分も歩けば、両手の指では足りないほど出会うだろう。ミーナがみんなに好かれたのは、性格が朗らかで、会話がむやみやたらに楽しかったからだ。

卒業して三年、どうしているのか知らなかったが、望田が会計ソフトウェアの売り込みに行った先の総務課にいて、ばったり再会したのだそうだ。

（三年ぶりに見るミーナは、女神みたいに可愛《かわい》かったで）

舞い上がった望田から、その夕刻すぐラインが届いた。「女神」が「可愛い」かどうかはともかく、社会に出て化粧や服装があか抜けたミーナは、そりゃ美しいだろう。思いがけない再会をした勢いで食事に誘ったところ、向こうも勢いがついたのか、断られなかったと望田は興奮冷めやらぬ態《てい》で報告した。

（それでな。折り入って、アンクルに頼みがあるんや）

望田が電話越しにも緊張した声になった。この男、緊張すると声がしゃがれ、言葉尻が聞こえにくくなる癖がある。

（ほら、ずっと前にな。作ってくれたことがあったやん。マルちゃんに告白する時に、例の――「惚れ薬」）

惚れ薬と言うとき、望田は正確には「ほほほほ、ほれぐすぃ」と言った。いくらなんでも緊張しすぎだ。

（あれはダメだ。一回だけの約束だから）

(なんでやねん。マルちゃんの時、ほんまに効いたやんか。俺、アンクルの冗談やと思うてたから、びっくりしたんやで)

(あれは、もっさんの実力だって。薬なんか関係ないって)

いくら説得を試みても望田は聞く耳を持たず、もう一度だけでいいから、あの時と同じ惚れ薬を作ってくれという。

私は、ほとほと困った。

マルちゃんというのは、学生時代に、本名を覚えるヒマもないくらい短い期間、望田とつきあっていた女の子だ。髪は短めのくせっ毛で、卵形の顔立ちに生き生きとした表情を見せる子だった。

私は四国からA大に入学して、大阪の雰囲気にようやく馴染《なじ》み始めたばかりで、自分を大きく見せるために、望田にちょっぴり吹聴《ふいちょう》したことがあったのだ。A大の偏差値は低くないのだが、チャラい印象の学生が多かったようで、当時「ナンパ大学」の異名を取っていた。

(女の子を振り向かせるのなんか、かんたん。いい薬を作れるんだ)

(それ、デートドラッグちゃうん。あれはあかんで、犯罪やで)

（違う、違う。デートドラッグってのは、お酒に混ぜて飲ませたりして、意識をなくさせる薬物のことでしょ。そうじゃなくて、愛情ホルモンに働きかける薬があって）

（なんやそれ）

私は望田に、愛情を感じたり、幸福感を得たりした時に分泌されるホルモンの存在について説明し、それが分泌されやすくなる飲み物を作れるのだと話した。

もちろん、それは嘘だ。

愛情と深く関わるホルモンは実在するらしいが、私が作った飲み薬でそのホルモンが分泌されるなんて話はでたらめだった。実のところ、試作品で人体実験までしてみたが、効果がなかったのだ。失敗作だった。だが、その嘘は望田の印象に残ったらしく、マルちゃんに恋した時に思い出したのだ。

惚れ薬を作ってくれとしつこく頼まれ、今さらあの話は嘘だとも言えず、しかたなく私はこう条件をつけた。

（わかった。もっさんのために作るけど、これ一回きりだから。わかってると思うけど、相手の感情を薬物で操《あやつ》るわけだからフェアじゃないし、相手の健康にどんな悪影響があるかもわからないしね。約束だよ）

（うん、そうやな。約束しよ）

望田は大喜びでその条件を飲み、マルちゃんを映画に誘い、ファミレスのコーヒーに〈惚れ薬〉を混ぜて飲ませて告白し、みごとマルちゃんのＯＫをもらったのだ。

ちなみに、望田に渡したのは、食紅でうっすらとピンク色をつけた、ただの水だった。考えてみれば、映画に誘われて拒まなかった時点で、マルちゃんは望田に好意を持っていたのかもしれない。〈惚れ薬〉なんて必要なかったのだ。

だが、望田はすっかり、私の薬のおかげだと信じていた。外見だって悪くないし、性格は朗らかだし、どうしてそこまで自信がないのかわからないが、自分は女性あしらいが苦手でモテない、と彼は思い込んでいたのだ。いや、どうやら今でもそう考えているようだ。

マルちゃんとは、何度か映画に行ったり、野球観戦に行ったりしたものの、もうひとつ会話が噛《か》み合わなかったとかで、つきあい始めたと思ったら、いつの間にか自然に別れていた。十九歳やそこらの恋愛なんて、そんなものかもしれない。

ただ結果的に、あの〈惚れ薬〉の件もなかったことにできたわけで、私は安堵《あんど》した。

だから、ミーナにばったり再会した望田が、もう一度あれを作れと言ってきた時には、本気で困惑したのだ。

（だって、約束したじゃないか）

（健康に悪いかもって言うてたけど、この前とは別の子に飲ませるんやから、大丈夫やって。な、アンクル。一生のお願い）

望田は調子よくそんなことを言い、土下座も辞さずの勢いで迫ったものだから、今度も私は断りきれなかった。どうやら望田は、そのおめでたい頭で、「一回きり」という約束を「ひとりにつき一回きり」と都合よく解釈したらしい。

——困ったやつ。

ため息とともに私は再び、〈惚れ薬〉を望田に渡したのだった。ピンク色の水、食紅入り。

「次はミーナお薦めの映画に行くねん。恋愛映画やねんて。なんかミーナらしいて可愛いやろ？」

私は湯気のたつラーメンの鉢を抱えて肩をすくめた。望田は焼き飯をレンゲに載せ、ふうふうと吹いている。極端な猫舌なのだ。

「恋愛映画なんか面白いかな。怪獣映画のほうが面白いと思うけど」

「アンクルらしいなあ」

望田が楽しそうに笑った。

マルちゃんと同様に、ミーナだって、食事に誘われて応じた時には、すでに望田に好意を持っていたのだろう。

中学、高校を通じて野球部で、甲子園には行けなかったものの、県大会では上位八校に食い込む活躍を見せた。大学では体育会を離れ、アルバイトに精を出してオートバイを手に入れ、嬉しそうに走り回っていたものだ。体格はいいし、性格だっていい。ミーナが惹《ひ》かれるのも当然だ。

望田は、次のデートにはどんな店に行くべきかと、浮き浮きしながら私に相談をし、グルメサイトを検索し、唸《うな》り、はにかみ、もだえながら予定を立てていた。

二週間ほどして、望田がまたラインにメッセージを送ってきた時、私はまだ職場の研究室にいて、遠心分離機に設定した作業時間が過ぎるのを待っていた。

『お願いがあるねん』

「お願い？」

手持ちぶさただったので、つい職場にいながら返信する。

『あのな、あの薬、また作ってくれへんかな』

——何を言ってるのだ、この男は。

「一回きりだって約束だったよね。もう無理」

『頼むわ。ミーナの機嫌がすごい悪いねん』

「いやいや、そういう問題じゃないから」

『なあ、ほんま頼むわ。なんで急に機嫌が悪なったんか、わからへんねん。せやけど、俺、あの薬がきっかけで、ミーナとつきあいだしたやん？　ひょっとしたら、薬の効果が切れたんかもわからんわ。マルちゃんの時もな、そうと違うかなと思うんよ。薬が切れたら、なんで俺みたいなやつとつきあってるんやろ、と不思議になったん違うやろか。そしたら、急に俺のことが嫌になってさ』

「もっと自信を持たなきゃ、もっさん。あんな薬なんか、関係ないって。ミーナが振り向いたのは、もっさんの実力だよ。マルちゃんの時もそう言ったでしょうが」

一瞬、あれがただの「赤い水」だったことを告白しようかと迷ったが、望田は信じないか、怒りだしそうな気がしてためらった。

『アンクルはそう言うけど、俺はやっぱり、お前にもらった薬のおかげやと思う。俺な、女の子に喋《しゃべ》りかけるの苦手やねん。緊張しやすいし、何を話したらええんかわからへんし、口臭くないかな？　とか、汗臭くないかな？　とか、いろいろ心配なるやん。せやから、ほんま女の子とつきあうのムリ、てずっと思うててん』

私はかすかに苛立《いらだ》ちを覚え、それを無理に抑えた。

「変なの。私とは普通に喋れるくせに」

『だって、アンクルはアンクルやもん』

――なんだそりゃ。

つまり望田は、私のことなど女性として見たことがないと言いたいわけだ。なにしろ十代のころから「アンクル」だし。

――今度こそ、断ろう。

そう思ったが、ふと、別の考えも頭に浮かんだ。そう。どうせ私なんか、「アンクル」なんだから。

「――まあ、いいよ。もう一度だけ、作ってあげても。それとね、今回はさらに効果が上がるように、別の作り方をするからね」

そう返事すると、『アンクル様!』と舞い上がった調子のメッセージが飛んできた。

3　ミーナ

望田さんについて、知っていることを聞きたいと言われるんですか。だけどわたし、彼のこと、あまりよく知らないんです。

つきあっていたのに、おかしいって言われるんでしょう? ええ、たしかに、二週間ちょっと、恋人的な雰囲気にはなりましたけどね。だけど、それだけ——まさに、「恋人的」なのであって、恋人ではなかったのかもしれません。

刑事さん、最初から順番に説明させてもらってもいいですか?

わたしたち、大学時代は、同じ年に入学したというだけで、まったく接点はありませんでした。望田さんは、わたしのことを知っていたようでしたけど。当時、ミスA大学に選ばれたりしたものですから——。

ええ、もちろん、ミスA大学なんて称号、ほとんどの方がご存じないし意味もないんですけど、学内ではちょっとした有名人だったという程度のことです。

望田さんはその後、ＩＴ企業の営業担当として就職し、わたしは自動車部品メーカーに就職して、総務課に配属されました。はい、就職して三年になります。その職場に、望田さんが営業に見えて、再会したんです。

学生時代は接点がなかったのですが、突然、「ミスＡ大のミーナさんでしょう」と話しかけられて驚きました。向こうは、ミスＡ大時代の私をよく知っていて、こちらも懐かしくて気分が良かったと申しますか。

学生時代の話で盛り上がり、帰る間際に、「良かったら今度、食事でもいかがですか」と誘われました。断らなかったのは、なんていうか――ノリが軽くて、一回食事に行ったくらいで、ヘンに誤解をしそうではなかったからというか。望田さんって、それほどイケメンじゃないですけど、スポーツマンっぽくてモテてそうな感じだったので。そういう人のほうが、あっさりしていて友達づきあいもしやすいでしょう。

考えてみれば、食事に行った日、望田さんはわたしのことばかり話していました。トラットリア・ボーノという、イタリアンのお店です。

ミス・コンテストの日に、わたしが着ていた洋服や、スピーチの内容までよく覚えていて、わたし自身がとっくに忘れていたようなことまで、懐かしそうに話してくれました。

彼が言うには、わたしはよく、普通に歩いているだけなのに、おかしな人や不思議な光景に出会って、それを面白おかしく語っていたのだそうです。本人はもう、まったく覚えてないのですけど。

キャンパスですれ違った時の服装なんかまで、彼は覚えていて。ひょっとしてこの人、当時からわたしのことが好きだったんじゃないかとは思いましたね。

それに、わたしがお化粧を直しに行った隙にコーヒーを頼んで、お会計もすませてくれていて、まだ若いのにスマートな人だなあと。最初はデートのつもりではなかったんですが、帰るころにはすっかりデート気分になっていました。

それで、駅まで歩きながらふいに彼が、「俺とつきあわへん？」と言ったとき、断る気になれなかったんです。

彼とのデートですか？　ええ、ごく普通でしたよ。

映画を観て、その話をしながら食事をして。最初の日は、望田さんは饒舌《じょうぜつ》だったんですが、二度め以降は意外なくらい寡黙《かもく》でした。いつもわたしのほうがよく喋っていて、彼はときどき口を挟むくらいで。

それに、たまに口を開くとわたしのことを喋ろうとするんです。考えてみれば、望田さんはわたしのことをよく知っているのに、わたしは望田さんのことをほとんど知らない。だから、つきあい始めて十日くらい経《た》って、尋ねました。あなたのことを聞かせてよ、って。

面白いんですよね。望田さん、自分のことになると、急に口が重くなるんです。仕事のこととか、好きな本や映画のこととか、いろいろ聞き出そうとしたんですけど。だけど、学生時代のことを尋ねたら、いきなりスイッチが入りまして。今でも仲のいい友達がいて、学生時代ずっとつるんでいたという話をすると、止まらないんです。

その人は、〈アンクル〉と呼ばれていたそうです。とても知的で、学生のころからおじさんみたいに精神的に落ち着いた人だったんですって。

その人の話なら、いくらでも喋ることがあると気づいたんでしょうね。その日だけじゃなくて、次の日も、また次の日も、彼は〈アンクル〉さんの話を続けました。学生時代にふたりでこんな悪さをしたとか、怪獣映画を観に行ったとか、バイク二台を連ねて旅行に行ったとか、さんざん聞かされて、いいかげんうんざりし始めたころ、やっとわたしも気づいたんです。

——その〈アンクル〉って人、女の人だったんですよ。

びっくりしますよね。ずっと男の人だと思って聞いていたら、女の人だったなんて。それも、学生時代からずっと、卒業して三年も経つのに、今でもまだ会ってご飯を食べに行ったりしてるんです。それって、つきあってるってことじゃないんですか？

「何それ、わたしとその人、ふたまた掛けてたの？」って、怒りました。そしたら彼、「アンクルとは、そんな関係ちゃうよ。友達やねん」って言うじゃないですか。

刑事さん、信じられます？

食事の後で、気分が悪くなったことですか。それはありませんでしたね。眠くなったこともありません。

えっ、お店の人が見ていたって。

それはつまり、望田さんとわたしがよく一緒に行った、イタリアンの店のことですか。トラットリア・ボーノ。ふたりの職場の、ちょうど中間地点にあって、美味《おい》しいし価格もリーズナブルで、つい「いつもの店ね」って決めてしまっていたんですよね。二週間で、何回通ったことか。

初めてふたりで食事をした日に、望田さんがコーヒーカップに液体を入れているのを、お店の人が目撃したというんですか。

そんな——本当ですか。

味、匂い、ふつうのコーヒーだったと思います。たしかにその夜、つきあおうと言われましたけど、言い方もあっさりしていて、強引なところはありませんでした。それで、お店の人は、デートドラッグかもしれないと感じたんですか。

でも、その数日後にまた一緒に現れて、仲が良さそうだったので安心したというんですね。初めて聞いたので、驚きました。

たしかに、お店の人が、わたしをじっと見ていたのは覚えています。黒いエプロンをした、茶色い髪のあの人ですよね、たぶん。

気づいたときにすぐ教えてくれればいいのにと思うけど、立場上、難しいのかな。

さっきも言いましたが、最初の食事のとき、望田さんはわたしが席を立った隙に、コーヒーを頼みました。同時に勘定もすませてくれたので、なんてスマートな人だろうと感じ入ったのですが、あの時に、わたしのコーヒーに何か入れたということですね。

なんだか、信じられないな。望田さんが、そんなことをする人だったなんて——。

望田さんには、アンクルさんのことで口喧嘩をしてから、会っていないんですよ。ええ、これからは、つきあう相手にはよく気をつけます。

世の中、どんなところに落とし穴があるか、本当にわからないものですね。

4 アンクル

自然界には、いろんな化合物が存在している。

人間は、科学の力で薬品やプラスチックなど、新しいものを作ったと得意になっているかもしれないが、実のところ、自然界に存在するものを参考に作られた化合物も多いのだ。

たとえば、絹の繊維がそう。

絹は高価だったので、あの光沢と手触りを低価格で再現しようと、ナイロンやポリエステル、レーヨンなどの合成繊維が開発された。

結核に効く抗生物質のストレプトマイシンは、放線菌という菌の一種から発見されたものだ。マラリアに効くキニーネは、キナという木の樹皮から得られる。アスピリンだって、最初はヤナギから取られたものだ。

もちろん、薬になるものは、量を間違えると毒になることもある。トリカブトは、附子《ぶし》という漢方薬にもなるけれど、量によっては死に至る毒にもなる。ふだん私たちが普通に食べているジャガイモだって、芽の部分や、日に当たり緑色になった皮の部分には、ソラニンやチャコニンという毒素が多く含まれている。よくニラと間違えて食べてしまう人がいるが、スイセンにも毒がある。アジサイの葉を間違って食べ、嘔吐《おうと》や下痢の症状を起こすこともある。毒キノコというものもあるし、フグの毒なんかは、扱いを間違えると死者が出る。ある種の果物の未熟な果実や種子には、シアン化合物が高濃度に含まれていることが知られている。

自然界には、まだまだ私たちが気づいていない物質がたくさんあるはずだ。まあ、すぐ手に入るような植物や微生物などから得られるものは、すでに多くが分析されているのだけれど。

地中の深いところに棲《す》んでいて、今まで誰も気づかなかった微生物のなかには、驚くような生態を持つものも存在する。たとえば、光の射さない暗闇で、酸素を使わず、周囲の岩が放射するごくわずかなエネルギーだけを使って生きているものがいたりするそうだ。

そういう微生物は、未発見の化合物をつくっていたりしないだろうか。

私の仕事は、そういう自然界に存在する動植物から、薬効成分を抽出することだ。時には山に入って、土壌や植物のサンプルを取ることもある。すりつぶしたり水に溶かしたりして成分を抽出し、スペクトルを分析したり、遠心分離機にかけたりするわけだ。

地味と言えば、地味な仕事だった。うまくいけば、今まで見つかっていなかった薬効成分を発見できるかもしれない。

『例の薬、できたってほんま？』

望田からラインでメッセージが届いた。

「できたよ」

場所を決め、会って渡すことにした。今度の薬は、「赤い水」ではない。

望田と初めて会ったのは、大学の外国語のクラスだった。ふたりとも理系の学部で、英語とドイツ語を選択していたのだ。

私は四国から出てきたばかりで、望田は地元出身だったので、よくいろんなところに案内してもらった。望田は顔が広くて、大学時代も友達が多かった。だから、まさか女性に対してコンプレックスを抱いているとは思わなかった。

性格はさっぱりしていて、会話は下手《へた》かもしれないが、一緒にいて楽しいタイプだ。不快なところなど、何ひとつない。

だから、私は望田とつるんで遊びまわり、「俺のツレ」などと他の友達に紹介してもらうのが、正直うれしかったし、誇らしかった。

――そうだ。

私は、望田が好きだった。

軽い男だとは思っていたが、いつか私の存在に振り向いてくれると信じていた。

「今回の薬は、今までのと違うんだ」

カフェで会い、私が望田に渡したのは、小さい容器に入った、赤と青、二種類の液体だった。ウイスキーのミニボトルの空き容器は、目的にぴったりのサイズだった。ボトルについた私の指紋はきれいに拭き取り、小さなビニールの袋に入れて持参した。「ほら」と言いながら、袋から出して望田の手のひらにボトルを落とす。

「なんでこれ、ふたつもあるん？」

望田が不思議そうに尋ねる。

「赤はミーナに飲ませて。青はもっさんが飲むんだよ」

「俺も飲むの？　なんで」

だってこれ、惚れ薬なんでしょと望田が言いかけ、そばを通った客に気づいて口を閉ざす。

「この薬は、ホルモンと似た働きをするわけ」

私は説明した。

「恋愛ってさ、片方の気分が盛り上がるだけじゃ、ダメでしょ。両方が一緒に盛り上がらなきゃ。ミーナに愛情ホルモンを飲ませる時に、もっさんも飲むんだ。そしたら、ふたり一緒に盛り上がるから」

「なるほどな、両方が盛り上がった気分にならなあかんねんな」

自分で言いながら、あまりにエセ科学的な言葉に苦笑しそうになった。望田も望田だ。理系出身のくせに、そんな説明で満足するとは。

望田はボトルを照明にかざし、「きれいな色やなあ」と呟《つぶや》いた。

「色が違うのはなんで？」

「男性と女性で、使うホルモンが違うから」

私は適当なことを思い付きで言った。望田は感心したように何度もうなずいた。彼は、私とその〈惚れ薬〉を信じ切っているのだ。

「ほんまに、ありがとうな。さすがやなあ、アンクル。ようこんな薬、作れるわ。どないなったか、また報告するわ」

「うん。だけどその前に、今ここでやってほしいことがあってね。今回の薬、とてもよく効くんだけど、一般には手に入らないものを材料に使っちゃった。本当はね、会社のものなんだ。私がこの薬を作ったことが、何かの拍子にばれると困るわけ。だから、惚れ薬うんぬんっていう、これまでのラインのメッセージでのやりとりを、みんな削除してほしいんだ」

「ああ、ええよ？　そんな珍しい薬まで使ってくれたんやな。ほんま、ありがとうな」

望田は、真剣な顔をして、自分のスマホからメッセージを削除した。私の側は、とっくに削除済みだ。

望田とはそれからしばらく、最近観た映画の話や、読んだ本の話をしていた。

「じゃあな、そろそろ帰るわ。ほんま、ありがとうな」

「ちゃんと、ふたり一緒に飲むんだよ。でないと効果が薄れるから」

何度も礼を言って、彼は帰っていった。

5　マルちゃん

あたしが丸川玲《まるかわれい》ですう。初めまして。

そうです、学生時代にほんのしばらくだけですけど、もっさん——いえ、望田さんとつきあいましたよ。

えっ、デートドラッグですか？

望田さんが、そんなものを使ったところは、見たことないです。相手にわからないように使うもの？　そうか、そうですよね。

あたしに使われた可能性があるかどうかですか？　うーん、どうかなあ。ないと思いますけど。

デートドラッグって、気のない相手をその気にさせたり、眠らせたりして好きなように扱うための薬でしょう？

あたし、初めて一緒に食事に行く前から、望田さんのこと気になっていたし、かなり好きでしたからね。スポーツマンでね、かっこよかったんです。

そうなんですよ、どちらかと言えば、あたしのほうが、先に好きになってたんじゃないかな。

だから正直、そんな薬を使う必要もなかったんですよ。えへ、正直すぎますかね？

本当は怒るべき？　そんな薬を使うなんて、女の子を舐《な》めるなって？

望田さんですけど、初めて食事に行った日の帰り、速攻で「つきあわへん？」って言われました。もちろん、ＯＫしましたよう！　だって、こっちも好きだったんですから、うれしかったですねえ。

トイレに行った隙に、コーヒーを頼まれたか？　そうですね、ファミレスデートだったので、ドリンクバーからコーヒーを取ってきてくれたんじゃなかったかな。とにかく、望田さんは学生時代からそういうところスマートで。知らない間に「頼んどいたよ」「払っといたよ」って、何度か言われましたもん。すごいですよね、若いのに。

え、そんなに好きだったのに、どうしてすぐ別れちゃったか、ですか？

それは、何ていうか妙な話なんですけど――。

彼ね、〈アンクル〉っていう友達の話をよくしてたんです。〈おじさん〉だなんて、てつきり男友達のことだと思うじゃないですか。そしたら、同学年の女の子だったたんですよ。

もう、びっくりしちゃって。

だって、一緒にツーリングに行ったり、しょっちゅう食事に行ったりしてたんですよ。あたしとデートするより、回数が多いくらい。

この人、あたしのことどう思ってるんだろうって、すごく不思議になっちゃって。思いますよね？　良かった、刑事さんもそう言ってくれて。

それで、ひとりでぷりぷり怒ってたら、だんだん向こうから近づいてこなくなったんです。残念と言えば残念な気もしましたけど、最初からふたまたかけてるようじゃ、今後が思いやられるじゃないですか。だから、もうしかたがないと思って、諦《あきら》めることにしたんです。

え、望田さん？　そうですね、いい人でしたよ。〈アンクル〉さんのこと以外はね。

で、こちらの刑事さん、いきなりこんなこと聞いてあれですけど、おいくつなんですか？　え、そんなにお若いの？　ひょっとして独身？

タイプ、タイプ。もう、すっごくタイプですよう。

良かったら、今度お茶しません？

6　アンクル

　望田からまたラインで連絡が来たのは、薬を渡して三日後のことだった。ひょっとして、ついに〈あれ〉を使ったのかなと思った。文句を言うつもりかもしれない。スマホを取る手が震えた。

『なあ、アンクル。相談があるんやけど、会《お》うてくれへん？』

「何の相談？」

『ミーナに会おうって言いたいねんけど、なかなか勇気が出えへんねん』

──なんだ、まだ使ってなかったのか。

　ホッとするような、がっかりするような気分で、私は肩を落とした。

「会うのはいいけどさ、アドバイスなんかできないよ」

『話を聞いてほしいだけやねん。アンクル、恋愛とか興味ないかもしれへんけど、めっちゃ落ち着いてて、大人やん。だから、話を聞いてもらったら、俺も大人っぽく対処できひんかなあって』

「――いいけど」

望田は、美味しいイタリアンの店で会おうと誘ってきた。ミーナとも何度か行った店なのだそうだ。「こっちの相談に乗ってもらうんやから、ちゃんとご馳走《ちそう》するからな」と、望田は調子のいいことを言う。

私は、彼がミーナとどんな店でデートしていたのか、じっくり観察してやろうと思った。だって、ちょっとはらわたが煮えくり返るようだったから。

――恋愛とか興味ないかもしれへんけど。

よく言うよ、と思う。どうせ望田は、私には興味がないのだ。だからそういう、冷たいことを言えるのだ。

四国から大阪に出てきて、大学に通い始めたころ、ドイツ語のクラスで望田と出会った。望田は工学部、私は理学部。たまたま席が隣になって、「つまらん」とか「ええ天気やのに」とかノートにごちゃごちゃ書き込んで、ふたりでニタニタしているうちに、授業が終わっていた。

それからだ。食堂で出会ったり、大学生協で出会ったり、「よく会うね」となって、ときどき一緒に食事をとったり、映画に行ったりするようにもなった。だが、まったく色っぽい関係にはならず、向こうは私を「なんか〈アンクル〉って感じやなあ」などと呼び始めたし、こちらも「眉毛が味付け海苔みたい」とか、ろくなことを言わなかったようだ。

だが、とてもいいやつだった。基本的に親切で、困っている人を見ると放っておけない。朗らかで、体力は余っている。冗談を言うのが大好き。そんな若い男がいたら、モテるに決まってると思うではないか。

——それに、〈アンクル〉では彼女にはなれないんだろうな、とも。

予定をすりあわせ、遅めの時間に店で待ち合せることにした。

「ここ、どれ食べても美味しいんやで。いろいろ試してみて」

望田は上機嫌で、メニューを開く。とりあえず先に、食欲を満たすことにした。

望田が誉めるのも当然で、前菜やスープに始まり、メインの肉料理やパスタまで、ボリュームもあり美味しかった。食べ始めると空腹を実感し、ふたりともワインを片手にたらふく食べた。

「もうちょっと飲みいな」

デザートにティラミスを頼もうとすると、望田がワインを勧めてきた。あまりワインに詳しくないのだが、チリワインとかで、飲みやすくて勧められるまま空けてしまう。

「で、ミーナとはどうなったわけ」

「うーん、それやねんけどなあ。まあ、もうちょっと飲み」

なんだか望田はそわそわしていて、いつまで経っても話は進まず、私は「もうワインはいいよ」と言いながら、いったん化粧室に立った。広くて、個室が三つもある化粧室だった。ふだん、それほどアルコール類は飲まないので、顔がだいぶ赤くなっている。鏡の前で、火照《ほて》った頰に両手を当てて冷ましていると、ふいに化粧室の扉が開き、店の従業員が入ってきた。

「失礼します」

茶色い長髪を背中でひとつにまとめ、黒いエプロンをかけたきれいな女性だった。胸のバッジに「平田《ひらた》」とあった。彼女は個室に向かわず、なぜかためらうそぶりを見せながら、鏡の中の私に向かい、「あの——」と何か言いかけた。

「はい？」

「お客様、お連れ様はよくご存じの方でしょうか」

「えっ？——そうですね、よく知っていると思いますけど」

ハッとしたように、彼女は身を引いた。

「そうでしたか、それならいいんです——変なことを言って申し訳ありません」

「いえ、ちょっと待って」

彼女の、思わせぶりな態度が気になり、私は呼び止めた。

「どういうことでしょう、何か気になることがあったのなら、教えてください」

「いえ——」

困ったように彼女はうつむき、やがて何かを思い定めた様子で、こちらを見つめた。

「本当に、変なことを言って申し訳ありません。でも、お話ししておかないと、後悔しそうな気がするので——」

私はうなずいた。良くないことではないかという、予感がした。

「お連れの方が、お客様のコーヒーカップに、何かの液体を入れるところを見てしまったんです」

彼女は声を低め、化粧室の扉の向こうを透かし見るように、目を細めた。

「こんなことをお話しするのは、本当は店の者として良くないのかもしれませんけど

——お連れ様は、二週間ほど前にも、別の女性と一緒に来店されて、やはりその方のコーヒーに何かの液体を注ぐのを見たんです。私、いわゆるデートドラッグではないかと思って、ずっと気になっていて。その方とは、それからも何度か来店されたので、特に問題はなかったのかなと思って安心していたんですけど、しばらくすると来られなくなって、今夜はまたあなたと——」

私は呆然と立っていた。

——望田が、私に？

「何色でしたか」

「えっ？」

何を尋ねられたかわからなかった様子で、彼女が小首をかしげる。

「液体です。どんな色をしていましたか」

しばらく、思い出そうとするかのように、彼女は眉をひそめて考えていた。

「——赤、だったと思います。いえ、間違いなく赤色でした」

赤い液体。それは、私がミーナに飲ませるようにと、望田に渡したあの薬か。

混乱しながら、化粧室を出て席に戻った。テーブルの上はすっきり片づき、ティラミスと熱いコーヒーがふたり分、手つかずで置かれている。望田は、グラスの水をごくごくと飲んでいた。

「よう、アンクル。デザート、頼んどいたから」

望田がこちらに気づいて、にっこりした。私の視線は吸い込まれるように、自分の席に置かれたコーヒーカップを見つめた。

――どうして、私に。

席に座るとき、よろめいたふりをして、私の手は、伝票を挟んだクリップボードをテーブルから落とした。

「あっ、ごめん」

「ええよ、座ってて。俺が拾うし」

望田がさっと席を立ち、クリップボードを拾おうとしゃがみこんだ隙に、私はとっさにふたりのコーヒーを取り替えた。

7　レストランの従業員

トラットリア・ボーノの平田明美《あけみ》です。来月で、二十六歳になります。ボーノでは、ホール・スタッフとして三年働いてます。

これ、証言になるんですね？

はい、あのお客さんは、一時期とてもよくお見えになっていました。望田さんとおっしゃるんですか。ボーノのピザが美味しいと言ってくれて、何度も来られてました。

二週間ほど前に、巻き髪のきれいな女性と一緒にお見えになってからは、週に三回くらい、その女性と一緒にディナータイムに来られました。今日と同じで、コース料理にワインを頼んで、コーヒーで仕上げです。

そう、二週間前に、その女性のコーヒーに液体を入れるところを、見てしまったんです。気になって、何か口実をつくってコーヒーを取り替えようかとか、いろいろ考えているうちに女性が化粧室から戻られ、すぐ口をつけてしまって。

でも、その後も女性の様子に特別な変化は見られず、何日かして、お店にも来てくれましたから、何ごともなかったんだなと思って安心しました。

ですが、今日またあの男性——望田さんが、コーヒーに何か入れるのを見て、お連れの女性につい、教えてしまったんです。赤い液体を、コーヒーに入れてましたよって。

気持ち悪いですよね、そんなことをするなんて。デートドラッグなんて薬もあるそうですし、もしそんな薬なら、嫌じゃないですか。店の評判にも関わることですし。

はい、間違いありません。

コーヒーに液体を入れたのは、男性のお客様でした。私がちゃんと見ていました。

8 刑事

目の前にいる女性は、年齢よりずっと落ち着いた雰囲気がある。

井川由紀《いがわゆき》、二十五歳。腰の据《す》わった四十代のような、よく言えば悠然とした、悪く言えば地味な女性だ。だが、本人が気づいているかどうかは知らないが、この落ち着きを、年増の色気と感じて好ましく思う男性も多いだろう。

亡くなった望田遼平とは、A大学の同級生だった。望田がIT企業に勤め、営業の仕事をしていたのに対し、井川は製薬会社の研究室に勤めている。

ふたりは学生時代から、「もっさん」「アンクル」と呼び合う仲だったそうだ。これは、当時の同級生たちから聞いた。とても親しい仲だったが、色恋沙汰というよりは単に気が合っていたようで、性別を超えた友達づきあいに見えたそうだ。

「それで——」

私は小さく咳払《せきばら》いした。

警察署の取調室はエアコンが効いて、乾燥している。

「あの日、お店に行ったのは、望田さんから来てくれと頼まれたからだったんですね」

井川がこちらを見つめ、うなずく。

「そうです。警察の方にもお見せしましたが、望田さんからラインのメッセージで呼び出されました」

それは、私も確認済みだ。

「ミーナと呼んでいた、和久津三奈さんの件ですね」

「そうです。少し前に和久津さんと喧嘩をして、連絡しにくくなったそうで、相談に乗ってほしいと言われました」

「そういう相談は、よくあったんですか」

「学生時代に一度。あとは、和久津さんと再会した時にも相談されました。望田さんは照れ屋で、女性に話しかけるのが怖いと言っていました」

「あなたとは普通に話していたんですよね」

「ええ。どうしてでしょうね」

それは、良い意味で若い女性っぽくないからだろう。ステレオタイプかもしれないが、若い女性は、もっと甲高《かんだか》い声で喋ったり、笑ったり、まともに見られないくらい、まぶしいようなところがあるものだ。私にもなんとなく、望田の気持ちがわかる気がする。彼女は、からっとして淡白で、落ち着いていて話しやすい雰囲気の女性だ。〈アンクル〉とはまた、おかしな愛称をつけられたものだが、若い男性がつけたのなら、それは一種の照れ隠しだろう。

三日前、彼女の親しい友人が、目の前で苦しみ始め、そのまま倒れて亡くなった。彼女は、驚いた様子ではあったそうだが、冷静に救急車を呼び、同乗して病院にも付き添ったという。今も、どこか淡々としている。

この落ち着き払った態度が、現場にいた警察官に不審の念を抱かせる原因になった。

「あの日、望田さんに会ってから、どんなことがあったのか教えてくれませんか。望田さんの様子はいつもと比べてどうでしたか」

「特別、いつもと違うところはありませんでした」

迷いもなく、穏やかに井川はそう応じた。

店で落ち合い、コース料理とワインを頼み、途中で化粧室に立って、追いかけてきた店員の平田から、望田がコーヒーに赤い液体を入れていたと聞かされた。

何もかも、平田の目撃証言と同じだ。店には他の客もいたが、食い違う証言はない。

「望田さんが、何かいたずらをしたのかな、くらいに思いました。ですが、口に入れるものですから、少し気持ち悪くて。彼が目を離した隙に、彼と私のコーヒーカップを交換しました」

井川は表情を曇らせ、目を伏せた。その直後に起きたことを思い出したのだろう。

この証言も、事件が起きた直後に、警察官に事情を聞かれて話したのとまったく同じだ。嫌になるほど何度も同じことを聞かれているはずだが、彼女の証言内容はブレない。

望田は、アルカロイド系の毒物を経口で摂取し、呼吸困難になって死んだ。

調べたところ、彼の席にあった水のグラスとコーヒーカップから、同じ毒物が検出されたそうだ。彼女、井川のグラスやカップからは、何も検出されなかった。井川はティラミスを食べただけで、コーヒーにはほとんど口をつけていなかった。

「なんとなく、気持ち悪くて」

そう、彼女は説明した。

「なぜ望田さんがそんなものをコーヒーに入れたのか、あなたには何か、心当たりはありませんか」

私が尋ねると、井川は眉宇《びう》を曇らせ、沈鬱な表情で首をかしげた。

「――さあ。私にはわかりません。望田さんは、私と心中でもしようとしたんでしょうか？　でも、どうして私と？」

たぶんそれはない、という言葉は呑《の》み込んだ。

鑑識の推定では、水のグラスと、コーヒーカップに入っていた毒物は、それぞれ単独では「気分が悪くなり、嘔吐したり、下痢をしたりする程度」の量で、望田は両方を飲んだために、死に至ったのだろうという。

つまり、彼女がコーヒーカップを取り替えていなければ、彼は死んでいない。

だが、そんな残酷な言葉をいま彼女に聞かせる必要もないはずだ。

事件直後に、警察官が彼女の態度に違和感を覚えて、念入りに事情を聞いた。その過程で、目撃したレストランの店員、平田が、コーヒーに液体を入れたのは望田だったと証言した。望田のスーツのポケットからは、赤と青の液体が少し残った、ウイスキーのラベルのついたミニボトルが二本、見つかった。その液体からも、アルカロイドは検出された。

望田とつきあっていたふたりの女性、ミーナこと和久津三奈と、マルちゃんこと丸川玲からも話を聞き、食事の後に望田がコーヒーを注文したという話も聞いた。平田は、和久津のコーヒーにも、望田がなんらかの液体を入れるのを目撃したという。

――常習犯だったのだろうか。

幸いなことに、和久津と丸川は、飲み物に何か入れられたのだとしても、影響を受けた覚えはないと話していた。ふたりに使って効果が見られなかったので、今回は量を増やしたのだろうか。

この事件は、おそらく不幸な事故だった。しかし、なぜ自分の水にも入れたのだろう。

液体を持参したのも、コーヒーに入れたのも望田自身だ。目撃者がいるし、証拠もある。赤・青の液体が入ったミニボトルには、望田の指紋しか残っていなかった。

使用された毒物は、そのへんの山に入れば、普通に手に入る植物から得ることができる。望田がどのようにして手に入れたのかは不明だが、少し薬草の知識があれば、難しいことではない。

私は、目の前の女性をじっと見つめた。

望田は彼女に毒を飲ませようとした。彼女は店員の助言を受け、カップをすり替えて助かった。そして望田自身が亡くなった。

彼女は、被害者だ。

だが——。

「事故だとしても、不思議な点はあるんですよね」

私は書類を繰《く》った。

「望田さんは、毒物をどうやって手に入れたんでしょうね。山に薬草を取りに行ったりした形跡は、今のところないんです」

彼女は軽く首をかしげるようにして、私の言葉に耳を傾けるが、答えはない。

彼女は製薬会社の研究室で、生薬《しょうやく》、つまり植物から得られるアルカロイドを分析して調査しているそうだ。つまり、薬草のプロなのだった。

「それに、ふたつのボトルと、その色です。毒物はどちらも同じアルカロイドだったそうですが、なぜボトルを分け、色を変えたんでしょうか」

赤い液体と青い液体。赤と青、赤と青、赤と青——。

その言葉が、私の脳裏で渦を巻いている。

なぜ二色に分けたのか。なぜボトルを二本、用意したのか。私が見いだせる回答は、「毒物の量をコントロールするため」だ。ボトルを分けることで、適切な量を投入できるようにしたのだろう。色を分けたのも、正確に投入するためだ。目撃証言によれば、コーヒーには赤い液体を入れたという。赤は井川のために、青は自分のために用意したのだ。しかし、望田は、毒物の量なんか調整できただろうか。それほどの知識があっただろうか。

井川はなぜ、取り替えて安全になったはずのコーヒーに、ほとんど口をつけなかったのか。気持ち悪かったという説明は、理解できなくもないが。

そしてなぜ、望田は自分のコーヒーではなく、水に毒物を入れたのだろう。

状況ははっきりしているはずなのに、どういうわけか疑問も多い。

実を言えば、私は疑っていた。

——毒物を抽出して望田に渡したのは、彼女ではないのか。

「あなたと望田さんは、とても仲が良かった。よくラインでメッセージを交換していますし、会ってもいたんですね」

井川はややうつむいて、何かを思い出すようなそぶりだ。

「和久津さんと丸川さんは、望田さんとすぐ別れることになったのは、〈アンクル〉という女性の存在に気づいたからだと話していました。あなたのことですね。ふたりは、あなたの存在に嫉妬していたんです」

望田はよく、ラインで井川に〈アンクル〉と呼びかけていた。事件後、警察はラインのメッセージも捜査の対象にした。

ほぼ毎日のようにふたりはメッセージを交換していたが、ある一時期、ぽっかりとメッセージが消えていた。前後の文脈からして、望田が一部のメッセージを削除したのではないかと思われた。それは、和久津三奈と望田がつきあい始める直前と、数日前のことだ。

なぜ削除したのだろう。

目撃者によれば、望田は和久津のコーヒーにも何か入れていたという。

「ところで、あなた自身は、望田さんをどう見ていたんですか？」

「――どう、とは。どういう意味でしょう」

「あなたにとって、望田さんはどういう人でしたか」

私の問いに、井川は首をかしげた。

「友達でした。同級生――大学一年からの仲のいい友達です」

丸川と望田がつきあい始めたのは、大学二年の時だ。二週間ほどで自然消滅したという、その理由が〈アンクル〉――井川だ。

「望田さんがいなくなって、寂しいでしょう」

「――そうですね」

井川は、リノリウムの床についた細かい傷を、じっと観察するかのように見つめた。

「でも、実を言うとまだ、実感が湧かないんです。何が起きたのか、いまだにわかりません。望田さんが、なぜ私にアルカロイドを飲ませようとしたのか。なぜ私だったのか――。あのとき、とっさにカップを取り替えてしまいましたけど、そのままにして私がコーヒーを飲まなければ、彼は死ななかったんじゃないか。――聞いてみたいんですよ、望田さんに。どうしてそんなことをしたのかって」

私は黙った。彼女の独白には気持ちがこもっていた。望田の死を悼《いた》みつつ、彼が自分に何をしようとしたのか、理解できず途方に暮れる感情が滲《にじ》んでいた。

――結局、あれは単なる事故だったのか。

警察官の業で、つい全てに疑いを抱いてしまうのは、悪い癖だ。

私はため息をついた。

「本当に、私も望田さんに聞いてみたいですよ。どうしてコーヒーじゃなかったのか」

その瞬間、彼女の目が光ったような気がした。

「え――？」

「ああ、まだ話してませんでしたか。彼は、自分の分は水に入れたらしいんですよ。コーヒーじゃなくて」

それで、と彼女の唇が動いたような気がするが、定かではない。それ以上、彼女に尋ねるべきこともなく、来てくれた礼を述べ、早々に引き取ってもらうことにした。

「――猫舌だったんですよね、彼」

去り際に、ふと思い出したように、井川が言った。

――猫舌か。

わかったような、わからないような言葉だ。だが、やはり井川は、望田のことが好きだったんじゃないか。そんな、皮膚感覚のする言葉だった。

9　アンクル

望田が胸を押さえ、顔を歪《ゆが》めて喉をかきむしるようなしぐさをした時、私は慌てて立ち上がった。

「どうしたの、もっさん」

望田が充血した目で私を見る。助けを求める苦しげな瞳で。

「すみません、救急車お願いします！」

店の従業員に手を振ると、彼女が急いで電話をかけ始めた。店内の客たちがこちらに注目し、手を貸そうと駆け寄ってくる人もいる。

だが私はまだ落ち着いていた。だって、望田に渡した赤い液体に含まれるアルカロイドは、人間ひとりを死に至らしめるほどの量ではないと知っていたから。赤はミーナに飲ませるはずだったから、意地悪をしてアルカロイドを多めに入れておいたが。そ、そ、そうをして、望田の前で恥をかけばいいと思って。

私は、取り替えたコーヒーには、舐める程度しか口をつけなかった。望田は自分のコーヒーにも青い液体を入れたはずだと思っていた。ほんのひと口なら、何も起きない。

救急車が到着するころには、望田の呼吸が止まっていた。

——そんな馬鹿な。

混乱する頭で救急車への同乗を申し出て、病院まで同行した。そこで、望田の死を告げられた。

死ぬような量ではなかった。もちろん、薬物の致死量というのは、その量までなら絶対に死なないとか、その量を超えると必ず死ぬとかいうものではないのだけれど、私が出来心で入れたのは、「ちょっと気分が悪くなる」くらいの量でしかなかった。

望田がちっとも私の気持ちに気づかないで、勝手なことばかり言ってるから、お仕置きしてやろうと思ったのだ。

惚れ薬だと思い込んで望田がミーナに飲ませ、彼自身も飲めば、ふたり一緒に気分が悪くなる程度で、毒物だったとはバレるはずがない。きっと望田は、そのことも私に報告するだろうから、私はひそかに笑ってやるつもりだった。

何がなんだか理解できなかった。

望田が死んだことも、信じられなかった。私が殺してしまったらしいことも。

――そんなの嘘だ！

死ぬような量じゃなかったのに。誰かに説明して、話を聞いてほしかったが、それを言えば私は殺人犯になってしまう。

あの時、レストランの従業員が、望田自身が液体をコーヒーに入れたところを目撃していたから、私は容疑者扱いされず助かったというのに。

だから今日、刑事が言ったことで、ようやく疑問が解けたのだった。

望田は、青い液体を、コーヒーではなく水に入れていた。私が席に戻った時、望田は渇きに堪えられないかのように、グラスの水を飲み干していたではないか。

――だから。

ふたり分、薬を飲んでしまったのだ。

猫舌の望田、熱いものが平気な私。

（ちゃんと、ふたり一緒に飲むんだよ。でないと効果が薄れるから）

私がそう言ったから、真面目な彼は、きっちり一緒に飲めるように、水に入れたのだ。

それで、私が先にティラミスを食べ始めると、ちらちらと不安そうにこちらを見ていたのだ。ラーメンでもコーヒーでも、熱いのをあっという間に飲んでしまう私が、なかなかコーヒーに口をつけなかったから。

「おっ、このコーヒー美味《うま》いわ」

下手な芝居をしながら、私にもコーヒーを飲ませるために、苦手な熱いコーヒーをせっせとすすったのもそのせいだ。

——あいつ、バカ。

だけど、いちばんバカなのは私。

あんなくだらない悪戯《いたずら》をしたばかりに、望田を殺してしまった。おまけに彼が何を考えていたのか、聞く機会を失ってしまった。どうしてあの薬、ミーナに使わず、私に飲ませようとしたのか。

——バカだなあ、もっさん。惚れ薬なんてないんだって、あれほど言ったのに。

私だって若いころ、惚れ薬を作ろうと思って、真面目に研究したのだ。高校生のころ、愛情に関与するホルモンが存在するという記事を読んで、興味を持ったから。

大学に入り、試しに作ったその薬を、仲良くなった男子学生に使ってみたが、さっぱり効果はなかった。

そう。実を言えば、私は望田で人体実験をしたのだ。

考えてみれば、どれくらいの月日を一緒に過ごしたのだろう。マルちゃんよりもミーナよりも、ずっと長いあいだ一緒にいたのに、望田はついに、私をどう思っているのか、ひとことも言わず逝《い》ってしまった。

警察署を出て、目尻をこぶしで拭う。

――あの薬、今ごろ効いたのかな。

いくらなんでも、ゆっくりすぎるよな。

いや、望田が何年も私と一緒にいたのは、ひょっとすると、あの薬が効いていたせいだったのかもしれない――なんて、自虐的すぎるだろうか。

(だって、アンクルはアンクルやもん)

望田の声が、聞こえたような気がした。

いつかのみらい

大崎 梢

1.

新しく出る漫画文庫の解説を誰に依頼するか。書評家や作家など、数人の候補を挙げて、漫画家本人の意見を請うべくメールを書いているときだった。

「市村《いちむら》さん、お客さんよ」

同僚に声をかけられた。飯田橋《いいだばし》駅から歩いて五分、雑居ビルの四階にオフィスを構える「いずみデザイン」は、社員とアルバイトを合わせても十人足らずという小さな編集プロダクションだ。主に某大手出版社からまわってくる仕事をこなしている。

晴美《はるみ》が働くようになりこの春で三年が経《た》とうとしている。来客は珍しい。腰を上げると、出入り口付近に若い女性が立っていた。見覚えがない。誰だろう。相手は晴美に向かって丁寧に頭を下げる。

取り次いでくれた同僚に目配せし、首を傾《かし》げながら歩み寄った。差し出された名刺を受け取れば、「四つ葉リサーチ　調査員　吹雪菜々子《ふぶきななこ》」とある。

「お仕事中に申し訳ありません。お尋ねしたいことがありまして、少しお時間をいただけないでしょうか。お仕事が終わるまで、近くで待たせていただきますので」

「私にですか」

「ぜひともお願いします。今日がご迷惑でしたら出直します」

なんの話だろう。待つと言っても今は夕方の四時。仕事はいつ終わるかわからない。出直されても困る。フロアをうかがうと、みんな自分の仕事にかかりきりだ。パソコンの画面を見つめていたり、キーボードを打っていたり、分厚い辞書を広げてゲラをチェックしていたり。取り次いでくれた同僚も自分の席に座り電話をし始めた。ここで立ち話してるだけで目障りになりかねない。

「下で待っててくれますか。ビルの入り口あたりで。降りていきますので」

調査員なる女性はうなずき、フロアに会釈して退出した。晴美は椅子にかけてあったパーカーを羽織ってスマホを持ち、行き先ボードに「コンビニ」と書き入れた。まわりの人にすぐ戻ると声をかけ、エレベーターに向かった。

「いきなり押しかけてほんとうに申し訳ありません。お仕事の途中ですよね。よろしければお時間や場所をご指定ください。いつでもどこでもかまいません」

「なんの用事でしょう。気になります。コンビニに行くので、その道すがらではダメですか」

「いいえ、かいつまんでお話しします」

女性の身長は百六十センチを少し超えるくらい。並ぶと晴美より頭ひとつ分は背が高い。黒っぽいジャケットに灰色のパンツ。長めのボブカット。ほっそりしているけれど丸顔で目尻が垂れている。人当たりの柔らかな顔立ちだ。腰が低く丁寧な口調で話しかけられるので、保険の勧誘を受けている気分にもなる。

「実は、行方《ゆくえ》のわからなくなっている七十代の女性がいます。ご親族は遠方に住んでらして、じっさいに会う機会はここ数年なかったそうです。用事があって連絡を取ろうとしたけれど電話が繋《つな》がらず、手紙の返事もなく、女性の住まいを訪ねたところいらっしゃらない。ご近所の人に訊《き》くと数週間前に姿を見たきりで、その方たちも案じている。ご親族はにわかに心配になり、我が社にご依頼になりました」

四つ葉リサーチがどういう会社なのか朧気《おぼろげ》にわかった。人捜しや身辺調査などを請け負っているらしい。

「私は担当者として、ご依頼主立ち会いの下、お部屋にあがらせてもらいました。女性の行方を捜すにはどうしても手がかりになるものが必要なので。許可を得て、手帳や手紙などを拝見しつつ、各部屋も順番に見てまわりました。そのときクロゼットで発見したのがこれなんです」

女性は手にしていた鞄《かばん》からｉＰａｄを取り出した。すでにコンビニの前まで来ていたが、何を発見したのか気になる。通行人の邪魔にならないよう建物の角まで移動して、晴美はｉＰａｄをのぞきこんだ。

そこにあったのは子どもの絵だ。人や家や木や花が画用紙いっぱいに描かれている。色合いは明るく伸びやかで、大人も子どもも楽しそうに笑っている。花も笑っている。太陽も犬も猫も歌でもうたい出しそうに楽しげだ。

女性の指がすっと動き、次の画像が表示される。絵の裏側らしい。たどたどしい子どもの字で、「ささのしょうがっこう　2ねん1くみ　いちむらはるみ」とあった。

「あなたの絵でしょうか」

「ですね。でもどうしてこれが。どなたの家でしたっけ」

「よかった。ほんとうによかった。お会いできてとても嬉しいです、市村晴美さん。ホッとしました。胸がいっぱいです。ありがとうございます」

女性は目を輝かせ、顔と言わず全身で喜びを表し、今にも飛び跳ねそうだ。仕事とはいえ、一般人の、それも地味でへたれで何かと冴えない自分に会うだけで、そこまで喜ばなくても。ついていけずに腰が引ける。

ひょっとして危ない人かもしれない。警戒心が働くがｉＰａｄに映された絵は気になる。何がどうなっているのか、詳細を聞かずにいられなかった。


待ち合わせに選んだのは、立ち話をしたコンビニからさらに数メートル行ったところにあるセルフのコーヒーショップだ。晴美は六時半に仕事を切り上げ、店のレジカウンターでサンドイッチとコーヒーを買い求め、奥の席に向かった。

吹雪菜々子がすでに待ち構えていた。立ち上がって、またしても深く頭を下げる。

「結局はこうしてお時間をいただくことになり、恐縮です」

「こちらこそお待たせしてすみません」

吹雪は狭いテーブルにコーヒーのみ置いていた。サンドイッチは余計だったかと思ったが、吹雪は気づいてどうぞと言ってくれる。遠慮なく食べることにした。混乱のあまりコンビニでは飲み物しか買えなかったので、昼のうどんだけではお腹が鳴りそうだ。

「先ほどはいきなり興奮してしまい申し訳ありません。あとから深く反省しました」

「あれはちょっと驚きました。どういうことですか」

紙ナプキンで手をふいて、晴美はハムサンドをつまむ。

「お恥ずかしいです。絵の裏にあった『ささのしょうがっこう　2ねん1くみ　いちむらはるみ』だけを頼りに、ちゃんとご本人にたどり着いたと思ったら、ホッとするやら嬉しいやらで」

吹雪は肩をすぼめてみせる。

「そういえば、どうして私の働いているところがわかったんですか？」

「笹野《ささの》小学校は埼玉県林田《はやしだ》市内にある公立小学校ですよね。十一年前に統廃合でなくなっています。なので、いちむらはるみさんはそれより前に在籍していたことになります。前と言っても画用紙の劣化状態から見て大昔ではないです。だいたいの年代を計算して、児童絵画コンクールをあたりました」

「コンクール？」

「あの絵はほんとうにお上手《じょうず》でした。これくらい描けるなら、小学校時代に何かしらのコンテストに応募したのではないかと」

埼玉県内で開催されたコンテストを洗っていくと、地元のスーパーが主催したものの中に「市村晴美」をみつけたそうだ。

「テーマは『明るいエコライフ』でした」

「覚えていません。何を描いたんでしょうね。私の方がお恥ずかしい。賞品は……そうだ、図書カードと文房具セットだったんですよ。それが目当てで参加しました。特に図書カードはとてもありがたくて」

「私もありがたかったです。入選作には学年が書かれていたので、お名前の漢字表記と年齢がわかりました」

「そこから先は？　私、小学校の途中で転校しましたよ」

「この業界には名簿業者がいます」

吹雪は意味深な目配せと共ににやりと笑った。生徒の卒業名簿を扱う業者か。晴美はなるほどと感心したが、それを見て吹雪は不敵な笑みをすぐ引っこめる。

「ちがうんですよ。今のは大口を叩《たた》いたというやつです。やみくもに使うと経費がかさむので、ここぞというときしか使えないんです。晴美さんの場合は、お名前で検索をかけているうちに漫画雑誌の新人賞でヒットしました。本名で応募してたんですね。名簿をほとんど使わずにすみ、助かりました」

「ああ、あれ」

またしても「恥ずかしながら」だ。

「佳作止まりの掲載なしなんですよね。苦い思い出です」

「立派ですよ。大変な狭き門ということは部外者でもわかります。漫画家志望だとわかってアマチュアの集まるSNSを見たりしているうちに、晴美さんご自身と思われる書き込みをみつけました。そこからさらにいろいろたどり、いずみデザインの社長さんのフェイスブックに行き着きました」

嬉しそうな顔をされて、思わず「よかったですね」とねぎらいたくなる。

「晴美さんと会えたことで、私、首が繋がりそうです。今回の案件もこれで外されずにすみました。ほんとうにありがとうございます。頑張ります」

「いえ、私は何もしてませんよ」

「ここからですよ。ぜひとも教えていただきたくて、この通りです。あの絵を誰に渡しましたか。あるいは、差し上げたのかもしれませんね。プレゼントです」

頭を下げられて、残念ながらテンションが下がる。

晴美はもうひとつサンドイッチをつまんだ。咀嚼《そしやく》して飲みこんでコーヒーも口に含む。同じ年頃の女性の仕事をできれば手助けしたいが、あの絵については返事が慎重になる。

「ごめんなさい。コンテストと同じく記憶があやふやで。小学生の頃はほんとうにいろんな絵を自由気ままに描いていたんですよね」

「行方がわからなくなった女性は、江東区のマンションに住む奈良崎千草《ならざきちぐさ》さんです。この名前に心当たりは？」

「初めて聞く名前です。江東区がどのあたりを指すのかも……」

吹雪は鞄の中から再びｉＰａｄを取り出した。何度か画面をタッチしてから差し出す。そこには髪の毛を淡い紫色に染めた、造作の華やかな女性が微笑《ほほえ》んでいた。高齢だがメイクといい、襟《えり》元のスカーフといい、積極的におしゃれを楽しんでいるのが画面から伝わる。表情も生き生きとしている。画像が切り替わり、今度はブティックの店内だろうか、色鮮やかなワンピースのスカート部分を手でつまんで、女優のようにポーズを決めている。他にも木造のレストランでエスニック風の食事を楽しんでいる写真や、髭面《ひげづら》の外国人男性とくっついて笑っている写真、つばの広い麦わら帽にポンチョ姿の一枚もある。

どう眺めまわしても晴美には知らない顔だ。力なく首を横に振った。

「この方は、埼玉に住んでいたこともあるんですか」

「いいえ。もとは関西の方で、親族は皆さん、そちらにいらっしゃいます。二十年ほど前に関東に移り住み、川崎《かわさき》にいらしたことはあったようですが、埼玉には縁がないはずとお聞きしてます。なので、この絵が気になったとも言えます。衣服だけが収納されていたクロゼットの中に、ぽつんと落ちていたことも含めて」

「お独り暮らしだったんですか？」

吹雪はうなずく。

「十二年前にご主人が亡くなってから、ずっとひとりだったそうです」

晴美は少し考えてから言った。

「めぼしい反応ができなくてすみません。でもやっぱり絵は気になります。どうして、奈良崎さんでしたっけ、その人の家にあったのか。何かわかったら教えてもらえますか？」

「それはもう、もちろん喜んで。必ずきっとお伝えします。待っていてください」

喜ばなくてもいいと思ったが、吹雪は身を乗り出して嬉しそうに言うので、つられて微笑んだ。その流れでＬＩＮＥのアドレスも交換する。

彼女とは店内で別れた。これから報告書を書くそうだ。晴美が最寄り駅の改札を抜けたとき、ＬＩＮＥにメッセージが届いた。「今日はありがとうございました」という言葉に、「頑張ります」のスタンプが添えてあった。

2．

それから二日後の夜、吹雪から連絡があった。三日目の昼過ぎに新宿駅近くのカフェで会うことにした。いずみデザインでの仕事はない日で、夕方から漫画家のアシスタントに入る予定だった。どちらもバイトの身の上だ。京王《けいおう》線沿線に住む晴美は、新宿で乗り換えて漫画家の仕事場に向かうので、待ち合わせに都合がよかった。

「またお会いできて嬉しいです」

「あのですね、そんなふうに言われると私の方が恐縮してしまいます。この前、ちょっと会っただけで、お役にも立てていないのに」

吹雪の向けてくる過剰な厚意に慣れず、できればやめてほしくて、話の始まる前にやんわり言ってみた。明るい口調にしたので伝わらないかもしれないと思ったが、すぐに「すみません」と返ってくる。

「暑苦しくなっていましたか」

驚いた顔をしているので無自覚だったらしい。

「それはなんていうか、大変申し訳ありません。今の職場、男性ばかりなんです。女性はうんと年上の、めったに顔を出さないパートさんがひとりだけ。なのでこうして同じ年頃の女性と話ができるのは珍しいというか、新鮮というか。まして職務でお話を伺うわけでしょう。こういうの初めてで、つい、はしゃいでしまいました。この前もお会いできたのが嬉しくて興奮してしまったんですよね。重ね重ねお恥ずかしい。恥ずかしい人間です」

大真面目に言われ、笑ってしまう。

「私からすると、男性ばかりというのが珍しいです。いえ、男の人の多い職場はいろいろありますよね。それはわかっているんですけれど、少女漫画編集部やその周辺はやっぱり女性が多いので」

「いいですねえ。私、学生時代はフリーペーパーを作るサークルにいて、ライターをやらせてもらっていたんです。就活でも出版社をたくさん受けました。本を作る仕事や、記事を書く仕事は憧れでした。でもことごとく落ちて、なんとか引っかかったのが食品メーカー。でもそこは人間関係が難しくて、二年も経たずに辞めてしまいました」

腰が低く何かと丁寧な物言いに、世渡りの巧《うま》さを感じていたので意外だった。どんな人ともニコニコ付き合っているような気がしたのだ。

「身も心もよれよれでしたけど、家賃や食費のために稼がなきゃいけなくて。バイトの掛け持ちをしていたところ、今の会社を紹介してくれる人がいたんです」

「調査員って大変そうですけど」

「大変です。まったく知らない世界ですし。捨て身で飛び込んだ感じです。一から教えてもらい、なかなか身につかず失敗ばかり。こりゃだめだと雇った方も思ったはずです。でも一年は続いたので、なんとかもう少し粘ってみようかと」

どういう一年だったのか。聞くのも覚悟が要りそうだ。晴美は相槌《あいづち》を打つようにうなずいて、ティーカップに手を伸ばした。先日はコーヒーだったが今日は紅茶。ダージリンを飲んでひと息入れる。

「それでですね、例の女性捜しの件、おかしな展開になってきたんです」

吹雪は今日もコーヒーだ。ひと口飲んで本題に入る。

「奈良崎千草さんの情報を得るために、一昨日《おととい》は千草さんが贔屓《ひいき》にしていたブティックに行ってみました。この前、お見せした写真にあったんですが、覚えていますか」

「もしかしてワンピースの？　楽しそうにポーズを取っていましたね」

「それですそれです。南国の浜辺が似合うリゾートドレスですって。あれを着て千草さん、『恋のひとつやふたつ、まだまだできそうでしょ』ってご機嫌だったそうです。素敵ですよね。おいくつになってもそんなセリフがさらりと言えるなんて。あの店はおうちにあったショップ袋から割り出したんですけど、マンションの最寄り駅から少し離れた駅にある商業施設の一角にあるんです」

吹雪が足を運んでみると、店のスタッフもオーナーも千草さんをよく覚えていた。だいじな常連客だったらしい。老《ふ》け込むどころか年々元気になっていき、選ぶ服も派手になっていたが、二年前からぴたりと現れなくなった。その店の近くには、千草さんお気に入りのレストランや美容院もあったけれど、ブティック同様、あるときからぷっつり利用が途絶えた。

「好みが変わったんでしょうか」

晴美がつぶやくと、吹雪はうなずく。

「私もそう思いました。女性ならよくあることです。レストランはメキシコ料理店で、せっかくなのでランチセットを食べました。タコスもお豆が入ったスープも美味《おい》しかったですよ。二年前はよく来てくれたんですけどねえ、とオーナーは寂しそうに言ってました。美容院でも話を聞いたのですがめぼしい話は聞くことができなくて、店を出てフロアを歩いていたら、千草さんを担当していた美容師さんがわざわざ追いかけてきたんです。店の中では話しづらかったみたい。その方の話では、一年ほど前に駅の近くで千草さんにばったり会ったそうです。着ている物やメイク、愛用していたバッグ、そこに下がっているチャームからして千草さんに間違いない。けれど微妙にちがう」

「ちがう？」

聞きとがめると、吹雪はまたうなずく。

「相手も自分を見て何も言わない。ひょっとしたら妹さんか何かと思っていたところ、『千草さん』と名前を呼びながら駆け寄ってくる人がいて、やっぱり本人らしい。何となく割り切れないもやもやが残ったそうです」

「変な話ですね」

場面を想像して晴美は首をひねった。美容師が町中でばったりお客さんと会っても、そうとは気づかれないのはよくあることだと思う。その日その日でメイクやファッションを変える人もいるだろうし。千草さんは七十代と聞いた。加齢による体型の変化や物忘れはほんの二年でも起こりうる。それくらい美容師の方も心得ているはず。わざわざ追いかけて来て吹雪に話すほどのことだろうか。

「行方不明と聞きにわかに気になって、言わずにいられなくなったんでしょうか」

「そうですね、私ももやもやして、もう一度、マンション内で千草さんと仲良くしていた人、管理人さんや近くのコミュニティサークルのコーラス会などに話を聞きに行きました。依頼を受けた当初にうかがっているんですけど、あらためて変化について聞いてみたんです。するとみなさん、会ったときから今まで変わったところはないと言います。でもどなたも、初めて会ったのは、ここ二年以内なんですよ」

ビルの三階にあるガラス張りのカフェに、不穏な空気が流れてくるような気がした。

窓の向こうはぼんやりとした曇り空なので急に日が翳《かげ》ったわけではない。

「マンションの管理人さんも？」

「二年前に交替したそうです。他の人も最近、引っ越してきた人ばかり。コーラス会に千草さんが入ったのは一年前です」

「長い付き合いの人はいないんですか」

「私が聞いたのが、たまたま最近の人ばかりなのかもしれません。でも逆に、お住まいの近所に、昔からの古い友だちがいらっしゃらない。紹介してもらったのはみんな最近の人たち。長く住んでいる人に話を聞いたら、千草さん、マンション内の人とは交流がなかったと言うんです。それ自体は珍しいことではないですし、自由なんですけど」

もやもやは薄らぐどころか濃くなる。

「いろいろ引っかかるので、最近の千草さんの写真を見せてもらえるよう、みなさんにお願いしました」

二年前まではどちらかというと写真好きという印象だ。多くの写真に、自然体でエレガントに写っていた。けれど、ごく最近のものは誰も持っていない。千草さん本人が写真は苦手と言い、カメラを向けると顔をそむけたそうだ。

「諦《あきら》めかけていたところ、昨日の夕方、やっとみつけたという画像が届きました」

吹雪のｉＰａｄが差し出される。そこに写っていたのは白いテーブルの並ぶカフェテラスだ。カメラはケーキセットを前にはしゃぐ女性たちをとらえている。目がちかちかしたが、吹雪の指がすっと伸びて奥のひとりを指し示す。晴美はその部分を拡大した。

奈良崎千草さんを彷彿《ほうふつ》とさせる女性ではある。髪型やメイクはほぼ同じ。高価そうなブラウスを着て、襟元にスカーフをあしらい、耳にはイヤリング。楽しげに笑う口元は自信に満ちて全体的にセレブっぽい。でも洗練された華やかさという点でどこか物足りなかった。都会的なクールさが欠けている。

「どう思います？」

吹雪に訊かれて言葉に迷う。慎重に口にした。

「こちらの女性の方が庶民的って気がします。この前の写真の人はちょっと女優さんみたいで、近寄りがたい雰囲気でした」

「ふたりいるみたいな口ぶりですね」

謎かけをするように吹雪が言う。

「なんとなくキナ臭いですけど、ふたりいてもおかしくない可能性についても、考えた方がよくないですか。たとえば何らかの事情があって千草さんは表に出づらくなり、対外的なことを知り合いに頼んだ。背格好が似た人がいたのであえて双子メイクをして楽しんだ。妹分みたいな人がいて、自分のまねをしたがったので好きにやらせた。ぱっと思いつくだけで、たちまち三つ」

晴美が三本指を立てると、吹雪は目尻をぐいっとさげてその三本指を摑《つか》む。

「素晴らしいです。多角的な洞察力があるんですね。晴美さんと一緒に働きたい」

「かなり無理やりの思いつきですよ」

「晴美さんが言うように、千草さんに似た人がいて千草さんを名乗った件に、もしかしたら複雑な事情や思いがけない理由があるのかもしれません。その場合、重要なのは本人の意思の有無です。確認したいけれど、今はできません」

「行方不明なんですものね」

ぐるっとまわってスタート地点に舞い戻る。

「これが二、三ヶ月ならば、長いバカンスに出かけているとも考えられますが」

「二年は長いですか」

「捜すべき人が増えてしまった気分です。ほんのひと月前までご近所の人と楽しくケーキを食べていた千草さんと、高級ブティックやヘアサロンを贔屓にしていた千草さん。ふたりいるなら割増料金を請求したい」

すればいいのにと、無責任にも少し思う。

「それもままならず。晴美さん、こちらの新しい方の千草さんを今一度よく見てください。先日の写真の方は見覚えがないとのことでしたが、こちらは何か思い出すことがありませんか」

ｉＰａｄが再びぐいっと押し出される。もう一度見たからといって返答は変わらないだろうが、つれない態度はとれずに画面をのぞきこむ。

じっと見つめて十秒。二十秒。感じたままを言葉にする。

「さっきも言ったように、先日の写真の方よりは親しみやすい顔立ちだと思います。前のは『世界がちがう』という感じで、近寄りがたい気持ちにしかなりませんでした。でもこちらは少し懐かしい」

「ほう」

「子どもの頃、近くに住んでいたおばさんを思い出すと言うか。もちろん、この人とはぜんぜんちがいますよ。もっともっと庶民的なふつうのおばさんです。優しくしてもらったんですよね。学校の話を聞いてくれて、ときどきはおやつを食べさせてくれて、私の絵を褒めてくれて。だから私、あるとき絵を」

　吹雪が真剣な顔で続く言葉を待つ。それが重くて視線をそらした。窓ガラス越しの空は相変わらず白くて素っ気《そけ》ない。太陽がどこにあるのかもわからない。灰色の鳥が数羽、横切っていく。

「絵を、渡したかもしれません」

「その方のお名前は？」

「おばさんと呼んでいたので名前はちょっと。仲川《なかがわ》さんちのおばさんです。にんべんに、大中小の中。荒川《あらかわ》や隅田川《すみだがわ》の川」

「仲川さん。晴美さんが小学二年生の頃に住んでいた家の、ご近所さんですね」

「その頃は小さな県営住宅に住んでました。アパートみたいなのではなく平屋です。台所の他に二間があるくらいの、ほんとうに小さな家。まわりに同じような家が並んでて、仲川さんちはとなりだったと思います」

　吹雪はノートを開き、せっせとペンを走らせる。

「他に思い出すことはありませんか。仲川さんとのその後の関わりというか、お付き合いみたいなものは？」

「ありません。小三にあがる年に引っ越して、仲川さんともそれきり」

「電話や手紙などは」

一度もないと首を振った。

「親御さんの方が覚えているかも。晴美さんのご両親、今どちらに？」

「父は三鷹《みたか》の病院に入院してます。癌《がん》の転移が見つかって、そろそろ余命宣告が出るかも。母は、私が保育園の頃に出て行ったきり会っていません。私自身のきょうだいもいません」

吹雪のペンが止まる。メモを取りにくい内容なのだろう。気にせず書いてくださいと心の中で言う。声に出して言えたら、そこにちょっとしたユーモアを添えられたら、人付き合いのレベルが一段上がったことになるのだろうが。もっとさらりと、軽めの自虐ネタっぽく、その場を白けさせずに話がしたいのに、苦い気持ちが滲《にじ》んでしまう。

「晴美さんも実家暮らしじゃないんですね」

「吹雪さんもですよね。さっき、家賃を稼がなきゃって」

「この細腕でがっちりしっかり稼ぐのみです」

彼女の穏やかな笑顔が空気をなごませる。自分にはできない笑みだ。

「協力しましょうか」

「何を？」

大したことではない。入院中の父に、仲川さんのことを訊いてみるだけだ。

そう申し出ると、吹雪は相変わらず大げさに喜び、ソーサーの上のティーカップを危うくひっくり返しそうになった。

カフェから新宿駅に出て、すぐには電車に乗る気になれず、晴美は駅ビルの中を歩いた。エスカレーターに乗って途中の階で降りて、あてもなくぶらぶらして、またエスカレーターに乗って。

久しぶりに昔を思い出したからだ。正しくは、母を恋しがっていた自分を。

父はいい加減な怠《なま》け者で酒癖も女癖も悪く、母が愛想を尽かすのはよくわかる。でも、幼い娘を置いて出ていくというのはいかがなものか。別れたくなるような男の元にだ。

そしてそれっきり一度も姿を見せず、今に至るまでなんの連絡もよこさない。娘への情を、少なくとも晴美と名付けた女の子への愛着を、ほとんど持ち合わせていなかった。血の繋がりのある我が子を、いともあっさり忘れられる人なのだろう。

小さい頃の自分はそんなふうには考えず、母に会いたいと心底思っていた。いつか迎えに来てくれると信じていた。想像の中で母はいつも優しく子ども思いで、明るい笑顔と共に自分を抱きしめてくれた。頭を撫《な》で、ずっと一緒だと約束してくれた。

そういう甘い空想を、年端もいかない子どもが抱くのは無理もない。振り返ると今でもその頃の自分を思い泣けてくる。母に捨てられただけでなく、父にもろくに面倒を見てもらえず、いつもお腹を空かせ、冬は凍えて寒く、夏は暑くてぐったりしていた。非力とはなんて哀しい。

……よそう。今は子どもではない。

晴美は止めどなく広がる暗い記憶を振り切るべく、息をついた。吹雪の言うように、今は自分の細腕で稼げる。家賃を払い、食べたい物をだいたい食べ、服も買える。暖かい布団もある。エアコンも使える。

今の自分を見たらおばさんはどんな顔をするだろう。

ふと思い、晴美は頭を振る。あの絵に託したのはもっと別の約束だった。

3.

その日は夕方から、雑誌連載を抱える漫画家の元で、アシスタントの仕事が入っていた。

晴美自身、漫画家を夢見て中学高校と新人賞に挑戦し続けたが、今のところ月間賞の佳作を取ったのが最高だ。熱意だけは伝わったのか、原稿を見てくれた編集者からアシスタントの口を紹介され、とても助かった。

父は何よりお金にルーズなので、晴美は高校に入ると同時にファストフード店でバイトを始めた。学用品やら交通費、昼の弁当のおかず代、漫画の原稿用紙代を、細々とした稼ぎの中でやりくりしたが、その時給と比べてもアシスタントは実入りがよかった。先生宅でペットの散歩から風呂掃除まで押しつけられようと、ときどきは本来の仕事もあり、見よう見まねでペンを握っているうちに技術も向上した。

高校卒業後はアシスタント先を増やし、パソコンを使っての作画も覚えた。重宝されるようになったものの、この稼業は仕事日数も報酬も先生の都合や気分に左右される。

連載終了などで突然の馘《くび》もありえる。転職を考えていると顔見知りの編プロから声がかかった。アシスタントとの兼務でかまわないと言われ、いずみデザインでアルバイトとして働くようになった。

「若いうちはなんでもやっといた方がいいのよ。身についたスキルはいつ何時、ハルちゃんを助けてくれるとも限らない。身についた、よ。つけなね」

そう言ってくれるのは、高校時代からお世話になっている漫画家の先生だ。新しく作った漫画文庫の帯を見せると、一人前ねえと目を細めてくれた。

晴美より十五歳年上なのでそろそろ四十代。二十歳前にデビューしたのでキャリアは二十年になる。今でも月刊誌を中心に連載を抱え、締め切り前の数日間はアシスタントを数人入れている。

住宅街に建つマンションの一室は、先生が四年前に購入した新しい仕事場だ。引っ越し当初はどこもかしこもぴかぴかでおしゃれなラグマットやガラステーブルなどが置いてあったが、今ではどこに埋もれているのか探しようもない。広いＬＤＫの壁際にデスクが四つ並び、ベランダ側の壁には本棚が設置され、そこからあふれた資料が床を埋め、真ん中のソファーセットは膝掛けや毛布、誰かの上着、鞄などが放置されている。

馴染《なじ》みきった光景の中で、さっそく割り当てられた作画に集中する。晴美は主に背景を担当している。学校の屋上や、そこから見える町並み、校庭、商店街と、先生のラフスケッチを見ながら構図を決め、先生の確認を得てペンを入れていく。

夜中の十二時に夜食が出来たと言われ、区切りの付いた者から食卓に着く。リビングのはじっこに置かれた聖域のようなテーブルだ。ここだけはなるべく物を置かないように言われている。先生も心がけている。

夜食のメニューは長崎ちゃんぽんだった。揚げ麺を各自適当に皿にのせ、アシスタントのひとりが作った八宝菜のようなあんを上からかける。ひとりはまだ手が空かないそうで、あんを作ったアシスタントと晴美、先生でテーブルを囲んだ。

恒例の質問が先生から投げかけられる。

「最近の一番面白かった出来事って何？」

夜食を用意してくれたアシスタントは、山形から出てきたおばあさんと歌舞伎を見に行った話をした。おばあさんは贔屓の役者さんを間近に見て、可憐な少女のように浮かれていたそうだ。

晴美は絵の話をした。子どもの頃に描いた絵が、まったく知らない人の家で見つかった。先生はたちまち「面白そう」と興味をしめした。

「絵の裏に小学校名と自分の名前を書いていたんで、私を捜しあててくれた人がいたんですよ」

「でも、絵が見つかった家は、ハルちゃんの知らない家なんだね？」

「そうなんですよ。たまたま紛れ込んだんだと思うんですけど」

「その家の人はなんて言ってるの？」

行方不明と言えば先生はさらに喜ぶだろうが話は長くなる。

「詳しいことはまだ聞いてないんです」

「そうか。で、どんな絵だったの？」

「画用紙いっぱいに自分の好きなものを描いていました。動物や花や太陽や星。にこにこ笑っているいろんな人。そして真ん中の斜め下には……」

「何よ、なになに」

「漫画家になってサイン会をしている自分がいるんです。小さくですよ。他の人と同じくらい小さく。久しぶりに目にしたら、お絵かきしてる女の子にしか見えませんでしたけど」

「小学生でもうサイン会を知っていたの？」

「『なかよし』『りぼん』『ちゃお』、愛読していましたから。サイン会情報も載ってたんですよ」

十五年前、小学二年生だった自分は毎日母を思い、お腹を空かせ、泣き暮らしていたわけではなかった。

「ハルちゃんの、将来の夢を描いたわけね」

先生はからかうように片方の眉を上げて笑う。

「叶《かな》えるのはとても厳しかったです」

「頑張りなさいよ。今が頑張り時だと思って。その絵、ハルちゃんに発破《はっぱ》をかけに現れたのかもよ」

箸を振って励ましてくれる先生に、ひるんだポーズを取りながらも笑顔を返す。

自分の前に現れたのは絵というより、吹雪という少し頼りないが明るく前向きな調査員だ。それこそ、何度も「頑張ります」と自らに発破をかけていた。彼女が目指しているのは今のところ担当案件の解決だ。将来的には一人前の調査員になりたいのかもしれない。自分の目指しているものはなんだろう。

プロの漫画家と漠然と思ってきたけれど、「漠然」という言葉がつくくらい、輪郭はぼやけがちだ。ストーリーを考えキャラクターを考えコマ割りを考えセリフを考え、習作ノートはずいぶん溜《た》まった。けれど、いつしか何も考えない夜が増え、覇気のない絵も増えた。

画力はあるけどストーリーがね。主人公に魅力がない。セリフが響かない。無理やり過ぎる。退屈。前の方がよかった。何度も聞かされた指摘だ。向いてないのだろうか。今の自分は、昔の自分が少し羨ましい。ものをしゃべる犬も猫も魔法少女も変身アイテムも思いつくままどんどん描いて、楽しくてしょうがなかった。描きたいものに困る日などなかった。

あの頃より巧くなったはずなのに、画用紙を埋め尽くすほどの絵が、今の自分には描けそうもない。

アシスタントの仕事を終えて帰宅したのは翌日の昼過ぎだった。明け方に三時間ほど寝て、そこから仕上げ作業に付き合い昼前に先生宅を出た。自宅のベッドで夕方まで眠り、起きてしばらくしてから入院中の父に電話を入れた。

病院に行くことも考えたが、来週の後半、担当医との面談がある。会うのはそのときでいい。電話は繋がらず、顔を洗ったり軽食を食べたりしていると、むこうからかかってきた。

父とは高校卒業と同時に決別した。少ない荷物をまとめてアパートから出るとき、お互いせいせいするな、と言われたのがささやかな思い出だ。向こうからの連絡は丸三年なく、長いトンネルを抜けた気でいたところ、父が付き合っていたらしい女の人から電話があった。

父の入院を知らされ、病院代も、踏み倒していたアパート代も払わされ、女の人は姿を消したが自分は逃げられず、せっせと貯めたお金はほとんどなくなった。大惨事だ。今はただ早めに、大人しく天寿を全うし、少しでも寂しがる余地を残してほしいと思っている。

しかし、天寿が近いはずの父は、薬が効いているのか元気そうだった。少なくとも聞き取りやすい声で、病院食のまずさと気の合わない看護師の悪口を並べ立てる。看護師も大変な仕事だ。

ひととおり言わせたあと、晴美は笹野小学校に通っていた頃の話をした。林田市といっても父は思い出さないらしく、「しょぼい平屋の県営住宅」と言って、やっと気の抜けた声が返ってきた。

「いたっけねえ、そういうとこに」

「あの頃となりに住んでいた仲川さんって覚えてる?」

「は?」

聞き取り調査はこれで終了か。

「ほら、独り暮らしのおばさんがいたでしょ。私ずいぶんお世話になったよ」

「そうだっけ」

少なくとも、おばさんが垢抜《あかぬ》けた美人ではなかったことが確定する。愛嬌のある小料理屋のママ風でもなく、薄幸そうな病み上がりのホステス風でもなく、口が悪くて化粧の濃い小悪魔でもなかったらしい。

そのあとも不毛な会話が続いたので、うろ覚えという住所だけを聞き出した。

夜になって吹雪にLINEを入れると、一時間ほどして電話がかかってきた。

「あのあと、めまぐるしいことになっていました」

吹雪の声は父と対照的に暗く沈んでいた。聞けば、二年前までの千草さんを知る人と、最近の千草さんを知る人に、逆の写真を見せたところ、どちらも「私の知る千草さんじゃない」と言ったらしい。さらに、吹雪のｉＰａｄには千草さんのものと思われる二年以上前の、レシピメモ画像があったので、最近の千草さんが書いた文字、友だちが保管していたコーラス会の入会届けと見比べたところ、素人目《しろうとめ》にもわかるほどちがいがあったと言う。

それを受けて吹雪は上司と相談し、捜索を依頼してきた千草さんの親族に連絡を入れた。最近の千草さんの画像を送ると、こんな人は見たことない、親戚にもいないという返事だった。

「依頼主はとても驚き憤慨してます。不審人物が家に出入りし、千草さんの服を着て、まるで千草さんのようにふるまうなど言語道断だと。無理もないですよね。事実だとしたら気味が悪いですし、恐いです」

「もしかして、依頼主さんは警察に届け出るんでしょうか」

「はい。千草さんの身内は関西でかなりの有力者のようで、警察を動かすなら動かすで徹底的にやらせるとおっしゃってます」

「だったら吹雪さんのところはどうなるんですか」

「うちはもともと小さい調査会社です。ちょっとした探りを入れるための、とっかかりに使ったんですね。警察に届け出たあと、もっと大きなところに相談するようです」

思わず「そんな」と声を荒らげる。

「吹雪さんが頑張ったから、いろんなことがわかったんじゃないですか。その報告を聞いて他所《よそ》に移すなんてあんまりですよ」

「満額の成功報酬が出るそうです。上乗せもあると約束してくれました。私にではなく会社にですが」

「もう決まったことなんですか。吹雪さん、手を引かなきゃいけないんですか」

「依頼主が上京するまでの一日、二日は動いてもいいんだと思います」

上京して吹雪の会社との契約を打ち切り、警察に行方不明者届を出し、新しい調査会社を訪ねるらしい。

「私は夕方、入院している父に電話してみました」

「ああ、そうですね。ありがとうございます。どうでした。何かわかりましたか」

吹雪の声が明るくなる。やはりこの人がもう少し粘った方がいいと思う。応援したい気持ちになっているからだろう。そのわりに、役立つような情報はあげられない。

「父はろくに覚えていませんでした。住所がわかったくらい。でもそれもまちがえているかもしれません。いい加減な人なので」

住所を教えてほしいと言われ電話口で答えた。しばらく無言になり、「晴美さん」と呼びかけられる。

「グーグルマップのストリートビューを見たんですが、番地の場所に家がありません。がらんとした空き地になっているので、取り壊されたのかもしれません」

ありえる話だ。十数年前の時点ですでに古びた家だった。

「仲川さんの手がかりが得られないということですね」

「近くに住んでいる人に訊けば、何かわかるかもしれません。私、明日にでも行ってみます」

近くと言っても誰かわかる人がいるだろうか。県営住宅は殺風景な平地に、肩を寄せ合うようにして建っていた。田畑や雑木林の向こうには大きな農家が点在していたが、ほとんど交流はなかった気がする。

「収穫はないかもしれませんよ」

「県営住宅がいつ頃なくなったか。それだけでもわかれば上出来です」

「わざわざ行って、それだけでいいんですか」

「交通費は請求します。出させます」

他にやることがあればそちらを優先するだろう。ないから出かけるのだ。

「だったら私も行きます。少しは役に立てるかもしれません。話を聞かせてくれる人に心当たりがあるので。明日は仕事もなく、予定がないんですよ。ああ。私の交通費は気にしないでください。自分で払います」

電話口で少しの間があいてから、「いいんですか」と声がする。

「交通費のことではなくて。もちろんそれは出します。経費で落とします。そうではなくて、晴美さんが一緒に行ってくれたら嬉しいですけど」

再び間があき、「ありがたいです」と聞こえる。

晴美はベッドに腰かけ、部屋の片隅のデスクへと目を向けた。パソコンと何冊かの資料とペンと原稿用紙が置いてある。

手の中のスマホがまた話しかけてくる。待ち合わせの場所や時間の相談だ。それに答えながら、今日は早めに寝ようと思う。過去の自分がいた場所だ。少し前なら全力で避けたであろう場所に行こうとしている。嘘みたいだ。

4.

約束の朝十時に池袋駅に行くと、吹雪はすでに待ち合わせの場所に来ていた。会ってすぐに三千円を手渡される。Ｓｕｉｃａをチャージしてその領収証がほしいとのこと。三千円では多すぎる。千円だけにしようとしたが経費で落ちるからと強く言われた。ありがたいですと受け取る。吹雪の口まねだが、わからなかったらしい。

東武東上線《とうぶとうじょう》に乗って坂戸《さかど》の先まで一時間近く。平日の午前中、下りとあって車内は空いていた。並んで座り、雨でなくてよかったと天候の話をした後、新たにみつかったという最近の千草さんの写真を見せてもらった。

ワンピースを着た全身像だ。シャンパングラスを手に持ち、となりの女性と談笑している。近所の人と出かけたワインパーティだそうだ。七十代にしては若い気もするが、自分には六十代と七十代の区別はきっとつかない。

「仲川さんの面影はありますか」

いいえとは言えない。似ているような気がしなくもない。でも口にするのはためらわれる。もしも同一人物だとしたら、なぜあのおばさんが千草さんのふりをしているのだろう。県営住宅で細々と暮らしていた人と、高級ブティックの常連だった人に、どんな接点があるのか。考えても何も浮かばない。

「すみません。ぼんやりして」

「十数年前に別れたきりですものね。どうですかと、詰め寄る方がよくないです」

「少しくらい似てても、やっぱりありえないとしか思えなくて」

「でも、千草さんの家の中に晴美さんの絵が落ちていました」

「おばさんが落としたとは限らないでしょ。誰かに渡して、その誰かが、また誰かに渡して」

吹雪は質問を変える。

「晴美さんと仲川さんにはどんな思い出があるんですか」

「いろいろです。けっこう、いろいろ」

晴美の脳裏に甘いりんごの香りがよぎった。おばさんが小鍋で煮た紅玉《こうぎょく》りんごだ。食べるときにシナモンを振ってくれた。夢のように美味しくてうっとりした。

母より年上で、祖母より年下。だから、どう思っていいのかわからず、どちらにもなぞらえなかったのはかえってよかったのかもしれない。おばさんはおばさんだ。母でも祖母でもない人から声をかけてもらい、手招きされ、こたつに入り、あやとりを教えてもらった。お手玉を作ってもらった。覚えたての校歌をうたい、テレビドラマの話をして、庭にいろんな花の種を植えた。朝顔やひまわりはちゃんと芽を出し大きくなった。

「おばさんは私の絵をほめてくれてたんですよね。だから調子に乗って、大きくなったら漫画家になりたいと言いました。そしたら、有名な漫画家になってサイン会を開いてね、きっと駆けつけるからって」

そう言ってもらいますます嬉しくて、お日さまも猫も犬も花も笑っているような未来が目の前に広がった。それを画用紙に描いて渡した。おばさんはじっと見てこう言った。ハルちゃんがほんとうに来てほしいのはお母さんよね。おばさん、お母さんをみつけて渡してあげる。でももし、お母さんに会えなかったら、そのときはおばさんがこの絵を持ってサイン会に行く。おばさんが現れてもがっかりしないでね。

「だから私、最初に吹雪さんから絵を見せられたとき、それを持っていたのは母かもしれないと思ったんです」

見知らぬ人の家に絵があったことよりも、持っていた人のことが気になった。

並んで座っているので吹雪の表情は見えない。でも気配は伝わる。そっと見守るような気遣いだ。

「でも母ではなかったみたい。おばさんなのかな」

「ひょっとして、晴美さんが本名で漫画を投稿していたのは、おばさんやお母さんに気づいてもらうためですか」

「おばさん、約束は守ると言ったんですよ。そういうところはきっちりしてるのよって」

電車は都会のビル群から離れ、家と家がひしめく町並みを過ぎ、雑木林や荒れ野を突っ切り、ビニールハウスや田んぼの脇を走る。まだ手前なのに、県営住宅が見えるようだ。駅からも商店からもバス停からも遠く、まわりには雑草が生《お》い茂り、未舗装の道路は雨が降るたびにぬかるんだ。家賃の安さだけが取り柄《え》だったのだろう。

「晴美さん、話を聞く当てがあると言いましたよね。小学校のお友だちとか先生とか？」

「本屋さんです。駅前にいくつかお店が並んでて、その中の一軒。吹雪さんをまねしてストリートビューで確認したら、まだやってるみたいです」

小さな家から学校に通い、漫画の発売日には本屋に走った。毎月買っていたのは「りぼん」だけ。「なかよし」や「ちゃお」はクラスの子に見せてもらった。わずか一冊でも買うのは容易ではなく、小遣いをもらえず抗議の家出をしたこともある。警察に保護され父は怒ったが、またやられると困ると思ったのか、本代だけはくれるようになった。絵画コンクールでもらった図書カードも、当然その店で大切に使った。

林田駅で吹雪と共に電車を降り、晴美は思い出深い店を訪ねる。引っ越して以来初めてだ。十数年ぶりなので晴美にとっては感無量だが、駅舎も小さなバスターミナルもトイレもベンチもほとんど変わっていない。ターミナルの向かいにファストフードや居酒屋の入る四階建てのビルがあった。これはなかったような気がする。

本屋は線路と平行に走る、ちょっとした商店街の途中にあった。

駅から見て手前が和菓子屋、奥が不動産屋。その間のガラス張りの店に、雑誌や絵本のポスターが貼ってあるのを見て、晴美の頬は自然とほころんだ。戸を開けて中に入る。店内は広いが本屋と文具店と薬局が同居している。

雑誌や地図ガイドの棚を抜けてレジに向かうと、見覚えのあるおばさんが新刊のチラシらしきものをめくっていた。店内のお客さんはまばらだ。立ち読みしたり、背表紙を眺めていたり。レジに来そうもないので、思い切っておばさんの元に歩み寄った。

「こんにちは。お久しぶりです」

本屋のおばさんは細長い顔でくるくるパーマ。紺色のエプロンをつけている。そのおばさんの目が見開かれ、晴美をしげしげと眺める。

「こちらに来ていた頃は小学生だったんです。よく、『りぼん』を買いに来て」

おばさんの表情が生き生きと動く。

「あの女の子。なんだっけ。ハルナかハルカ？　ううん、ハルちゃん。そうよね。覚えているわ。小さい子なのにしっかりして、いつもちゃんとやりとりできてた。懐かしい。面影ある。でもまあ、こんなに大きくなって」

「引っ越して、かれこれ十五年になります」

「うわあ。子どもはこんなに変わるのね。おばさんは老け込むだけだわ」

本屋のレジにはほぼこの女性がいたので、「りぼん」の発売日以外にもちょくちょく来ていた晴美とは、挨拶以上のやりとりがあった。

「今日はどうしたの。あら、お友だちと一緒？」

吹雪にも気づき、如才《じょさい》ない笑みを向ける。

「こちらに来る用事があったので寄ってみました。私の住んでいた県営住宅、なくなってしまったんですね」

「そうよ。もう十年も前になるかしら。住んでいた人にとってはちょっと寂しいわね。跡地に公民館が建つという噂だったけど、ぜんぜん進んでないわ」

「あそこにいた仲川さんって人、覚えていませんか。私と一緒にここにもときどき来てたんですけど」

レジのおばさんの顔が急に曇る。眉をひそめてまわりをうかがい、唇をきゅっと閉じたり鼻から息をついたり。どうしたのかと戸惑うと、「待ってね」と言って、店の奥に声をかけた。手伝いらしき女性を呼んでレジを替わってもらう。

フロアに出るなり、晴美たちを奥へと連れて行った。

「あそこではしづらい話なの」

「何かあったんですか」

段ボールが積まれたバックヤードまで来るとおばさんは足を止めた。

「仲川さんのところ、大変だったのよ。ハルちゃんが引っ越したあとになるのね」

「大変って？」

「県営住宅が取り壊される三、四年前よ。仲川さんちに人の気配がない。郵便物も溜まってる。おかしいってことで、県だか市だかの職員がドアを開けて中に入ったの。そしたらほんとうに誰もいなくて、さらにあちこち見てみたら、押し入れの中からミイラ化した遺体が発見されたの」

息をのむ。声が出ない。晴美のすぐ後ろで吹雪も「えっ」と固まる。

「遺体はその部屋に住む仲川マツ子さんだったのよ。死後、そのときで三年は経っていたらしい。なんといってもミイラ化するまでの時間があるものね」

それまで黙って聞いていた吹雪さんが割って入る。

「十年前に県営住宅がなくなり、その三、四年前に、死後三年が経過しているミイラ状態の遺体が見つかったんですか。合計すると、十六、七年前に仲川マツ子さんは亡くなっていたと？　晴美さんがまだ県営住宅にいたときと重なりますよね」

「そうね。そうなるでしょうね」

「つまり晴美さんが親しくしていた女性は仲川マツ子さんではない、ということになりますよね。いったい誰だったんですか」

本屋のおばさんは晴美と吹雪を交互に見てから首を横に振った。

「わからないの」

ぞっとする言葉だ。晴美の背筋に寒気が走る。

吹雪が気丈に尋ねる。

「わからないとは？　変死体が見つかれば、警察の捜査が入りますよね」

「入ったわよ。このあたりまで警察の人が来ていろいろ訊かれたわ。もちろんうちもね。噂も飛び交った。でもどこの誰なのか、未だにわからない」

それによれば、仲川マツ子さん宅に謎の女性が出入りするようになったのは、マツ子さんがまだ元気な頃だったらしい。近所の人には親戚とも姪《めい》っ子とも言っていたそうだ。しばらくしてマツ子さんの姿を見なくなったので、その女性に訊いたところ介護施設に入ったと言われた。

近所の人も高齢なのでその後、引っ越したり施設に入ったりと数年でちりぢりになった。空き家ができて新しい人が入居してくれれば、その人たちにとって仲川さんちに住んでいるのはその女性だけだ。マツ子さんの存在を知らない。女性は独り暮らしの「仲川さん」として生活していく。

最近、似た話を聞いたばかりだ。江東区のマンションに住む奈良崎千草さんの部屋で、千草さんとして暮らしていた人は、千草さんではなかったらしい。

「うまくできているのよね。家賃も光熱費もマツ子さんの口座から支払われる。そのお金は年金でまかなえる。余った分は勝手に引き落として、その女が使っていたらしい」

「マツ子さん自身が親戚とか姪とか言っていたのに、ちがったんですか」

「大ごとになってから旦那さんの方の親戚が出てきて、そんな人はいないって。びっくり仰天《ぎょうてん》してたそうよ。マツ子さんも独り暮らしが寂しかったのかしらね。近づいてくる人の甘い言葉にのせられて、自分でも姪だと思いたくなったのかもしれない。そういう人の弱さにつけ込むところが許せないわ。年寄りを騙《だま》して死なせてお弔《とむら》いもしない。押し入れにほったらかしたまま、自分はのうのうと暮らしていたのよ。おぞましい」

本屋のおばさんの怒りはもっともだ。事実ならとうてい許されない。でも、自分の知ってるあのおばさんがと思うと戸惑うことしかできない。

「そんなに悪い人には見えなかったんですけど」

消え入りそうな声で晴美が言うと、本屋のおばさんもトーンダウンする。

「その気持ち、わからないでもないわ。私だってまさかあの人がと思ったもの。うちのおばあちゃんなんて、憤慨するどころかえらいじゃないのと褒めるし。ほんと、何がなんだかの出来事だった」

「褒めるって、誰をですか」

「その身元不明の女性のことよ。マツ子さんにいいことしたとか言うの。そんなわけないじゃない」

そこにフロアから声がかかった。おばさんと共に晴美も吹雪もバックヤードから出た。プレゼント包装と問い合わせが重なったらしく、レジからの救援要請だ。晴美たちはおばさんに礼を言い、店から出ることにした。

通りに立っても足がなかなか進まない。信用金庫の入り口にベンチを見つけ、腰を下ろした。吹雪はスマホをいじり、ミイラ事件を検索していた。ほぼ聞いた通りの記事がみつかったと言う。目立った外傷はなく、死因は特定されなかったそうだ。

「びっくりしました。まだ信じられないです」

「私もですよ。警察が動いたなら、晴美さんのお父さんのところにも行ってると思うんですけど。ちょっと前の隣人ですものね」

そうかと、あわてて問い合わせのメールを入れた。

その横で吹雪は言う。

「晴美さんが一緒に来てくれたおかげで、大きな収穫がありました」

「収穫？」

「この世には自分以外の人物になりきれる人がいるんですね。それも数年間という長きにわたって。奈良崎千草さんにだってなれそうじゃないですか」

晴美はあいまいに首をひねる。

「飛躍してませんか」

「そういう人がいたのは事実です。晴美さん、おとなりの家の押し入れを見たことはありますか。襖《ふすま》が閉じている状態でも」

ミイラか。ピンと来ないが、ニュース記事になっているということは事実なのだ。

「私が入ったのは台所に続いている六畳間までです。襖の向こうに和室があって、押し入れはそこだけ。襖は閉じていたかもしれないし、開いてるときもあったかも。違和感はなかったです。へんな臭《にお》いもしませんでした」

顔が歪《ゆが》む。たしかにおぞましい。想像しかけて途中でやめた。そんな晴美の横で吹雪が言う。

「私、本屋さんの話に出てきたおばあさんに会ってみたいです。マツ子さんのことを知ってる口ぶりじゃなかったですか」

5.

気は進まなかったが、吹雪がどうしてもと粘るので本屋に引き返した。おばさんの手が空くのを待って声をかける。おばあさんからも話が聞きたいと言うと、晴美と同じく渋々ながらも家を教えてくれた。

おばあさんはおばさんの自宅と同じ敷地に建つ一軒家に暮らしているそうだ。林田市内とは言え本屋から自転車で二十分はかかるとのこと。吹雪が駅前のタクシーに乗せてくれた。

教えられた番地でタクシーを降りると父からの返信が届いた。昨日の電話のあと、県営住宅の件で警察が来たことを思い出したそうだ。けれど他にも警察とのやりとりがあってごっちゃになり、まあいいかとスルーしたとのこと。他とはなんだ。他とは。取り繕《つくろ》う気力も失いメールを吹雪に見せた。ちょっと面白そうなお父さんですねと言われ、苦笑いを返す。

大きなブロック塀を従えた門扉に、目指す「柳田《やなぎだ》」という表札をみつけた。敷地の中には二階建ての家がふたつあり、倉庫らしき建物や蔵も見える。とりあえず近い方の一軒のチャイムを押すと、しばらくして初老の男性が現れた。

調査会社の名前を出すとややこしくなりそうなので晴美が話をした。小学校まで林田市に住んでいた。久しぶりに駅前の本屋さんを訪ね、ここを教えてもらった。仲川マツ子さんの話をおばあさまにうかがいたい。笑顔で言うと、男性はほとんど意味がわからなかったようだが、おばあちゃんならあっちですよと案内してくれた。

御年《おんとし》九十二歳という柳田トヨさんは、男性が庭から声をかけると広縁《ひろえん》まで出てきてくれた。白髪で背中が丸まり足元は少しおぼつかないが、晴美たちを見て「知らないお嬢さんたちだねえ」とすぐ言う。家に上がらず、広縁で話を聞かせてもらうことにした。

「私、小学二年生まで、県営住宅に住んでいたんですよ。そこで、仲川マツ子さんちのおとなりでした」

「あーあ。マツ子さんね。ふんふん」

トヨさんが言うには、マツ子さんと親しくなったきっかけは敬老会の集まりだったそうだ。ウマが合って、ときどき会ってはよくしゃべった。

「マツ子さん、嫁ぎ先をそれはそれは嫌ってたの。すっごくいじめられたんだって。子どもができないのを自分のせいにされて、何度も離縁っておどされて。でも旦那さんの方に子種がなかったんだよね。さんざん浮気をしたのに、どの相手とも子どもができなかったんだから。マツ子さん、そう言ってた」

「旦那さん、跡取り息子だったりしたんですか」

「ううん。三男か四男」

それでもとやかく言われたのか。

「嫁を悪者にするのはよくあること。昔はそんなの珍しくもなかったんだけど、旦那さんの一番上の兄さんってのがまた強くて。旦那さん、ちっとも頭が上がらない。マツ子さんがいじめられても庇《かば》ってくれないんだって。ほとほと嫌になって、旦那さんがいくつか……うーん、五十か六十かねえ。それぐらいのときに、やっとこっちに引っ越してきた」

県営住宅のことらしい。

「仲川の家が工場をやっていたもんだから、夫婦して安い賃金でこき使われたって。さすがの旦那さんもそれには嫌気が差したんだね。兄さんから縁を切るとどやされ、ああよかったとマツ子さんほっとした」

ところが越してしばらくして、病気を患ったとたん旦那さんは弱気になり、死んだら仲川の墓に入りたいと言い出した。長兄もほれみたことかと縁切りを解消し、亡くなった後さっさと遺骨を持って行ってしまった。そのさい、亭主と同じ墓に入れてやるからありがたく思えと言われ、マツ子さんはショックを受けた。

「死んでも嫌だと言ってた。仲川のお墓だけには入りたくない。あの人たちと死んだ後まで一緒なんてまっぴら。それが口癖だったの。だから亡くなっても、押し入れに隠れていたんだね」

強権を振るっていた長兄は既に亡く、あとに残った家族は、警察の厄介になった人を墓に入れたくないだのなんだのと渋ったそうだ。遺骨は宙に浮きかけたが、近くのお寺の住職が頼まれていたからと引き取った。

「なんだっけ、ほら、寄る辺《よるべ》のない人が入るお墓。そういうのに入れてもらったらしい。マツ子さん、きっと喜んでいるわ」

男性がお盆にお茶を載せて持ってきてくれた。話を聞いてないので庭先のしだれ桜を指さし、まだ綺麗でしょうと微笑む。たしかにピンク色の花々が、薄日を浴びてふっくらと膨らんで見える。晴美も吹雪もお茶をいただきながら笑みと共にうなずいたが、頭の中にはトヨさんの濃密な話がうずまいていた。

そのトヨさんに厚く礼を言い、どうぞお元気でと言葉を添えて柳田家をあとにした。本屋のときと同じく、道路を歩いていてもぼんやりしてしまう。ミイラ化という遺体の状況を聞いてなお、マツ子さんは喜んでいるとトヨさんは断言した。干《ひ》からびて変わり果てた姿になってでも入りたくないお墓があるのか。断ち切りたい関係があるのか。

「なんかすごいですね。圧倒されました」

「マツ子さん、今は安らかに眠っているといいですね」

吹雪の言葉にうなずき、タクシーで来た道を帰りは歩いて戻る。緩やかな坂道を登りカーブを曲がり、ハルジオンの咲く空き地の横を通り過ぎる。こんもりした木々が見えてきた。神社らしい。

舅《しゅうと》、姑《しゅうとめ》、子どもができない、いじめ、浮気、こき使われる、墓に入れてやるからありがたく思え。さっき耳にした強い言葉がまた甦《よみがえ》る。自分の知らない人生だ。でもトヨさんの言うように、かつては珍しくもなく、今もどこかでまかり通っているのかもしれない。

顔を上げれば、菜の花も桜も春の風に吹かれてのどかにそよいでいる。今は綺麗だと思う。けれどこの眺めが目に入らない時期が自分にもあった。綺麗なものや優しいものを疎《うと》ましく思う時期もあった。そのくせ無邪気に夢を見て、りんごひとつで幸せにもなった。

いろいろだ。いいことも悪いことも嬉しいことも哀しいことも絵の具のように混じり合う。年を重ねるごとに色が増える。その中で、自分は何を描きたいのだろう。

「晴美さん、今何を考えていますか」

「さっきのおばあさんの話」

「私は電車の中で晴美さんから聞いた話を思い出しています」

「電車?」

「仲川のおばさんはまだ小学生だった晴美さんに、約束を守ると言ったんですよね。そういうところはきっちりしてるのよって。もしかしてマツ子さんとも約束を交わしたのではないかと」

晴美は足を止め、同じく足を止めた吹雪を見る。

「たとえば、マツ子さんは仲川家のお墓に入りたくないと言い、おばさんはそうならないよう、私がなんとかすると約束する。それを守る」

あわてて手を振った。

「私との約束はちょっとした冗談みたいなものです。指切りげんまんをして、ほんとうに針を千本飲ませる人はいないでしょう。あれと似たようなものですよ」

「でも、絵は千草さんの自宅にありました。十五年前にもらった絵ですよ。おばさんが持ち込んだなら、約束を覚えてるということではないですか。折りたたんだりせず、丸めて輪ゴムふたつでとめられていました。ふたつですよ。丁寧に扱われているんです」

「クロゼットに置きっ放しだったんでしょう？」

「千草さんの親族は、最近になってそのマンションの合い鍵をみつけたそうです。メール以外の連絡が取れず訝《いぶか》しく思ったので、出かけて留守にしていても合い鍵で中に入らせてもらうと、ハガキに書いて送ったそうです。入れ替わっている方の千草さんはそれを見て、部屋を出ることにしたんじゃないでしょうか。痕跡を残さぬよう私物をまとめたのに、絵だけが鞄から落ちてしまった。クロゼットの扉の陰にあったので考えられることです」

「だからと言って……」

話半分か四分の一にして聞き流したいが、約束が生き続けていると教えられたようで
ひやりとする。昔の自分ととなりのおばさんが、どこかでじっとこちらを見てるようだ。

「吹雪さん、仲川のおばさんは行方不明の千草さんとも約束を交わしたのではないか、
と考えてるんですか」

「だとしたら、どんな約束だと思います？」

「夢や希望に関わることですか。私もマツ子さんも、そういうものがありました」

「なりたいものやしたいこと。あるいは避けたいこと。逃げ出したいことなども、考え
られますね」

逃げる？　マツ子さんの例を思い出す。

「千草さんの一番近い親族って誰なんですか。その人が今回の依頼人なんですよね？」

再びふたりは歩き出す。神社の前を通り過ぎると交差点があった、青信号だったので
なんとなく渡る。赤白青がくるくるまわるサインポールが見えた。理髪店だ。

「依頼主は息子さんです。ひとり息子とうかがいました」

「お子さんがいるんですか。親族と言うから、もっと遠縁の人たちかと思っていまし

た」

「あちらが親族という言い方をされるのでなんとなく」

「息子さん、もしかして二年間、千草さんに会ってないんですか」

「とてもお忙しいそうです。うちに来たのも依頼主本人ではなく、その、代理人だったんです。ご本人には会っていません。いくつかの会社を経営して多忙を極めていた上に、四年前に市議会選に出馬して初当選。現職の議員さんでもあります。千草さんとはときどきメールのやりとりをして、少しも変わらず元気なので安心していたそうです。添付されていた写真も見せてもらいました。千草さんの顔写真ではなく、海外のレストランみたいなところや、外国人の行き交う町角のスナップなんですよね」

キーボードで打った文章と観光地の写真ならば誰でも送れるだろう。

「千草さんは長期バカンスに出かけているんじゃないですか。大型クルーズ船に乗り世界一周の旅とか。二年くらいかけてじっくりと」

「それなら息子さんに言いますよね。隠す必要がない」

「隠したい用事があって不在にしていると?」

ふたりで顔を見合わせる。どこからかいい匂いが漂ってきた。なんだろうと思ったら、理髪店の二軒先が蕎麦屋《そば》だ。時計を見れば午後の二時近い。急に空腹を覚える。

「食べましょう、晴美さん。天ぷらそばでもカツ丼でもなんでもどうぞ。経費で落とします」

「いいですね。ぜひとも落としてください」

それぞれミニ天丼セットとカツ丼を食べながら、息子が嫌がるような不在の理由を考えた。マツ子さんの話を聞いたばかりなので、本気で嫌がりそうなことが次々浮かぶ。ヤミ金に手を出すだの、ネズミ講にはまるだの、新興宗教にのめり込むだの、アイドルの追っかけで全世界を回るだの、ホストに入れあげるだの。

丼の底にくっついたご飯粒のひとつまで完食したところで、吹雪がふと遠い目になる。

「でもほんとうは、息子さんにみつけてほしいのかもしれませんね」

「そうですか？　自由気ままに羽を伸ばしてるような気がするんですけど。もうすぐ帰ってくるんじゃないですか。替え玉の留守番役がリタイアした時点で、連絡が行くでしょうから。案外今日あたり、何食わぬ顔でマンションにいたりして」

「だといいんですけど」

吹雪はすっかりお馴染みとなったｉＰａｄを取り出す。

「これが息子さん宛のメールに添付されてた写真です。どこの町角だと思います？」

差し出されたので受け取ってのぞきこむ。街路樹が生い茂る大通りに、東洋人ではない人たちが大勢行き来していた。かなりのメインストリートだろう。その中でセグウェイに乗っている人たちがいて目に留まった。

「前に漫画家の先生がセグウェイを出したいと言って、作画資料を用意してくれたんです。海外の方が盛んなんですって。チェコやシカゴやローマ、メキシコ。この写真、歩いてる人や着ている物からして南っぽいですね。あここ、国旗かも。ショーウィンドーの中です。縦に緑、白、赤。シロの真ん中にマーク」

「メキシコの国旗です！」

吹雪はｉＰａｄを手に戻し、人さし指をせっせと動かす。

「千草さんが被っていた大きな帽子はもしかしてソンブレロ？　ブティックで着ていたのは派手な柄のリゾートドレスでした。ご贔屓だったレストランはメキシコ料理店。息子さんの見せてくれたもう一枚の写真は現地のレストランかも。テーブルの上にあるのはサルサやトルティーヤ。家の本棚にあったのはスペイン語の辞書。メキシコの公用語はスペイン語です」

吹雪の指し示すのは南米のひとつの国だが。

「メキシコに行っているのか、メキシコに関する何かをしているのか。どっちにしても、息子さんに言えない理由になりますか？」

首を傾げた晴美の前に一枚の写真が提示される。

がっしりした体軀《たいく》に浅黒い肌、愛嬌たっぷりの目元と口髭。陽気そうな中年男性と仲良さそうにくっついている千草さんがいる。たくさん見た写真の中で、一番無邪気で楽しそうに笑っている。ブティックの店員さんから聞いたという千草さんのセリフ、「恋のひとつやふたつ、まだまだできそうでしょ」も甦る。男性は五十代にはなっているだろうか。そうだとしても千草さんよりひとまわりは年下だ。

「息子さんはこの写真を見ただけで怒り出しそうですね」

「いい年して何やってるんだって、怒鳴り声が聞こえるようです。息子だから嫌というのもあるでしょうし。いろいろ世間体も気にされる方のようですし。まあ議員さんですし」

「内緒に限りますね」

蕎麦屋さんには甘味も置いてあったのでクリームあんみつをふたつ追加した。

「私、東京に戻ったら、あのメキシコ料理店に直行します」

「結果を教えてくださいね。待ってます」

「もちろんです。頑張ります」

あんみつを食べ終わり会計のさいに、吹雪はタクシーを呼んでもらった。駅までそれに乗って戻るという。晴美はぶらぶら歩いて行くことにした。

店の前で別れる。空腹も満たされ、一時間や二時間は歩けるだけの足もある。迷子になったらスマホもある。途中で喫茶店を見つけたら寄り道しようか。

晴美は鞄の中からスケッチブックを取り出した。いつも入れてある一冊だ。それを小脇に抱え歩き出す。

6．

五時過ぎに池袋駅に戻ると吹雪からＬＩＮＥが入った。すぐに電話に切り替える。一足先に帰った吹雪はメキシコ料理店に出向き、オーナーを直撃したそうだ。写真にあった口髭の男性は前のコック長でメキシコに帰ったという。千草さんも一緒ではないかというと、初めて目が泳いだ。

これまで何度か足を運び、吹雪はオーナーとやりとりしていた。その都度、当たり障りのない言葉を聞かされ収穫はないに等しかった。それがにわかにそわそわして、引っ込むでもなく、何か言いたそうな顔をする。

吹雪は千草さんの息子について話した。不審な女性の存在に気づき、いよいよ警察に行方不明者届を出すらしい。大がかりな捜査が始まりそうだ。脅しをかけると、オーナーは待ってくれと焦《あせ》った。警察はやめてほしいという。千草さんは元気にしているそうだ。

「ついに白状したんですか」

「やりましたよ、晴美さん」

「それで？」

「警察への届け出をやめてほしかったら、本人からの直接の電話がほしいと言いました。番号を伝えてきたんですよ。かかってくるでしょうか。ドキドキです」

メキシコシティとの時差は十四時間。日本の夕方は現地の真夜中とのこと。オーナーからの連絡がいくとしても、反応はしばらくかかるだろうと吹雪は言う。メキシコならばだが。

その間どうするのかと思ったら、依頼主の代理人が上京してくるそうだ。電話が間に合わないと思ったが、警察に行くのはまだ先で、その前に家の中を点検したいらしい。

「不審な女が出入りして、金目の物を盗んだんじゃないかとお考えです」

「息子さんが」

「ええ。息子さんが」

真っ先に案じるべきは母親の安否だと思ったが、吹雪に言っても本人には伝わらない。

「二年間、千草さんはのびのびやっていた気がしますね」

「替え玉さんがリタイアを告げても帰りたくないくらいに?」

七十代になっても恋のひとつやふたつ、まだまだできるなら、二十代の自分や吹雪はさらにいろいろできるだろう。

そんな話をして晴美は電話を切った。

翌日目が覚めると吹雪からLINEのメッセージが届いていた。いずみデザインへの出勤日なら、少し早めに出て会社近くで会えませんかとある。すぐに「了解」と返した。コーヒーショップで待ち合わせると吹雪は店の前に立っていた。店内に席はあるようだったが外にしませんかと言われる。コーヒーを買い、ビルとビルの間に設けられた緑地帯まで歩いた。

「電話、どうでした」

「かかってきたそうです」

コーヒーを左手に持ち替え、晴美は右手をあげた。吹雪も気づいてハイタッチを交わす。

「晴美さんのおかげでなんとか仕事になりました」

いえいえそんなと返す。もはやお馴染みのやりとりだ。

千草さんはメキシコ人の料理人と意気投合し、帰国するという彼と別れがたく、一度は旅行者として訪れた。男性の家族にも歓迎してもらい現地がとても気に入って、長期滞在を望むようになった。蓄えがあるので向こうでもそれなりにやっていける。言葉もなんとかなりそうだ。男性とは同居せず、別々に暮らし、彼氏彼女の間柄でいたい。男性も渋々了解してくれた。ネックはひとつ、口うるさい息子だ。

千草さんと謎の女性との関係はまだ聞いていないと吹雪は言う。留守を頼める人がいたからお願いしたと、軽い説明を受けただけだ。一年の約束が二年になり、この先どうしようかと思っていた矢先、留守番役から緊急リタイアを告げられた。それでも帰りたくなくてぐずぐずしていたところ、日本にいるオーナーから連絡があった。

「腹をくくるとおっしゃっていました。息子さんに言うそうです」

「帰ってくるんでしょうか」

「一時帰国みたいです。久しぶりだからそれはそれで楽しみと、電話の最後の方は明るい声でした」

まだしばらくメキシコ暮らしは続くらしい。

「千草さんが帰られたらお会いしてみたいと思っているのです。チャンスはありそうなので私も楽しみ。ただ謎の女性については、謎のまま終わるのかもしれません。そんな気がしています」

吹雪はコーヒーを飲み、ビルの間の空を見上げる。今日の空は薄曇りだ。昼前から雲が取れるそうなので暑くなるのかもしれない。四月の後半は初夏の日差しが降り注ぐ日もある。

「そして晴美さんへの報告はもうひとつ。昨日の夜は依頼主の代理人さんに頼んで、千草さんの部屋にもう一度入れてもらいました。電話のかかってくる前だったので、手がかりがほしいようなことを言って。でも、ちがうんですよ。晴美さんの絵を見たかったんです。あわただしく写真に撮っただけだったので、あらためてもう一度、ゆっくり見ようとしました。でも」

言葉を切って吹雪は晴美を見た。

「絵はありませんでした」

「ない?」

「前回はクロゼットの棚の上に置いて部屋を出ました。それはたしかです。そのときも同じ代理人さんと一緒でしたが、彼はクロゼットに近付いてもいません。今回は通帳その他をあわただしく探しているので、そっと彼から離れて奥の部屋に行きました。そしたら消えてなくなっている」

「どういうことです?」

吹雪はコーヒーの紙コップを両手で持つ。

「代理人の持っていた鍵は息子さんから預かったものです。それを使って部屋に入ったのですが、同じ鍵を持っているであろう人がいます。謎の女性です」

思わず息をのむ。

「晴美さんの知る仲川のおばさんは、絵を置き忘れたことに気づき、取りに戻ったのではないでしょうか。回収したんですよ。人気《ひとけ》のない時間を選べば難しいことではないです。防犯ビデオには映ってるでしょうが、それは今さらですし」

あの絵は小二の自分が渡した人の元に、戻ったということか。

今どこにあるのだろう。ふたつのゴムでとめられて。

「約束はまだ続いているんですか」

「プレッシャーですか？」

吹雪が少し心配した顔で尋ねるので、首を横に振った。

「励みにします。いつか叶うことを夢見て描いて、まだ途中なので」

約束を遂げてもらうためにも、まずはデビューの一作を。

どこにいても気づいてもらえそうな気がする。

本名で描こう。おばさんの本名を知らなくてもいい。再会の方法はある。

今度飲みましょう。いいですね。そんな話をして吹雪と別れた。

この約束もきっと叶えよう。
晴美は残っていたコーヒーを飲み干した。ほろ苦くてすっきりする。
子どもの頃は知り得なかった大人の味だ。

あとがき

矢崎存美

アミの会（仮）のアンソロジーを手にとっていただき、ありがとうございます。

もうおなじみの方もいらっしゃるかもしれません。アミの会（仮）のアンソロジーは、これで第六弾になります。

初めてアミの会（仮）の本をお読みになる方もいらっしゃると思いますので、簡単に説明しますね。

アミの会（仮）は、短編好きな女性作家たちが集まって、お茶会や食事会など、つまり女子会をしたりしながらアンソロジーも出してしまえ、というところです。第一弾『捨てる』（文藝春秋／文春文庫）、第二弾『毒殺協奏曲』（原書房／ＰＨＰ文芸文庫）、第三弾『隠す』（文藝春秋）、第四弾『迷　―まよう―』『惑　―まどう―』（新潮社／二冊同時刊行)、第五弾『怪を編む』(光文社文庫)と、おかげさまで順調に刊行しております。

アンソロジー参加は自由で、ゲストをお呼びする時もあります。今回の『嘘と約束』はアミの会(仮)メンバーだけです。

作品ごとにまとめ役がいて、今回は私、矢崎存美が引き受けました。実は一番新しいメンバーなのです。さっき「おかげさま」とか言いましたけど、初期のアンソロジーには当然参加していないのでした。すみません……。

さて今回のテーマ、そしてタイトルは「嘘と約束」です。

参加メンバーとテーマを決める際、たくさんの単語が並びました。それぞれが広がりを持ち、面白い短編のモチーフになりそうなものでしたが、その中で「嘘と約束」が選ばれたのは、この二つが「反対のように見えて少し違う」からだったのではないか、と思っています。

このわずかな齟齬《そご》って、とても魅力的ではないですか？　「嘘」の本当の反対(変な日本語ですが)は「真実」、「約束」の本当の反対は「解約」ですが、「嘘と真実」「約束と解約」では平凡だし、さらに言えば「真実と解約」とかにしてしまうと、少しどころかだいぶ違うし、ただ単語を並べただけに見えてしまう。「嘘」や「約束」という非対称な言葉なら、くっつけることでさらに物語が広がります。

魅力的といえば――短編小説というのも、書き手にとって魅力的なものです。「嘘」と「約束」、この二つの単語から私たちはいくつかの短い物語を書きました。そう、短編小説は短い物語。しかし、長くても短くても、物語には変わりありません。一つの物語を書くために費やす苦労って、長くても短くても、あまり変わらないのではないかと思っているのです（あ、私だけですかね……）。だからこそ、あっという間に読み終わってしまう長編小説もあれば、長い長い物語を読んだ時と変わらない読後感を持つ短編小説もあるんじゃないかと。

お読みになる方々が、どれだけその広がりを感じてくださるか、私たちもすごくワクワクしているのです。いろいろな作家による物語の世界に浸っていただければ幸いです。

今後の予定――というのはまだ明言できませんが、楽しい企画が進行中です。先日も古き良き純喫茶でパフェを食べながら打ち合わせなどしてきました。

アミの会（仮）の情報については、Facebookの公式ページ（https://www.facebook.com/aminokaikari/）で発信しております。ぜひご覧ください。

また次の本でお会いできるのを楽しみにしています！

文庫版　あとがき

矢崎存美

　『アンソロジー　嘘と約束』文庫版をお読みいただき、ありがとうございます。

　単行本が発売されたのが二〇一九年の春。そして、この文庫は二〇二三年の秋発売です。その四年半の間にたくさんのことが起こった、といろいろ思い出して感慨に浸っております。

　二〇一九年の暮れくらいから新型コロナウイルスの流行が囁かれ始めていたのですが、それと同じ頃、一二月に『アンソロジー　初恋』（実業之日本社文庫）を発売しました。

　そして、二〇二〇年一月には「作家カフェ　2020冬〈アミの会（仮）スペシャル〉」というイベントを八重洲ブックセンター本店さんで行っています。天気の悪い中、読者の方にたくさん集まっていただいて、とても楽しかった！　ありがとうございました。

でも、二月の終わりくらいから世間でイベントや舞台などの中止が相次ぎ、四月には緊急事態宣言が出て、新型コロナはあっという間に人々の生活を変えてしまいました。

それでもアミの会は、二〇二一年一二月に『11の秘密 ラスト・メッセージ』（ポプラ社）、『惑 まどう』の文庫化（実業之日本社文庫）、二〇二二年二月に『迷 まよう』の文庫化（実業之日本社文庫）、七月に『おいしい旅 初めて編』『おいしい旅 想い出編』（角川文庫／二冊同時刊行）、そして一二月に『ここだけのお金の使いかた』（中公文庫）と積極的に刊行を続けてきました。この『アンソロジー 嘘と約束』文庫化以降もいくつか企画が動いています。

執筆・刊行だけでなく、短編の面白さをもっと広めたいと考え、二〇二一年から「アミの会短編アワード」という賞も開設しました。メンバー手弁当のささやかな賞です。受賞者もすでにお二人——第一回は大石直紀さん「東柱《ドンジュ》と東柱《とうちゅう》」、第二回は古矢永塔子さん「まだあの場所にいる」でした。どちらも素晴らしい短編です。しかもまったくタイプが違う。

雑誌やウェブなどに発表される短編は注目度が低いですが、バリエーションも面白さも様々なので、これからも続けたい賞です。

それから、オンラインのお茶会イベントも行いましたし、声優・伊藤栄次さんの『ひとりで朗読劇』にアンソロジーからいくつか選んでいただいたりもしました。現在もネットでアーカイブ配信中です。

この『アンソロジー嘘と約束』に入っている福田和代さんの「効き目の遅い薬」は舞台化までされましたよ！　みんなで見に行きました。面白かったー。

そして——大事なことをお知らせしなくては。

アミの会（仮）の「（仮）」が取れました！

去年の春に取れたあとにもアンソロジーを出していたので、もうご存知の方もいらっしゃると思いますが。あるいは、「え、取れたの!?」と今気づいた方もいらっしゃるかもしれません。

とはいえ、何も変わりはないのですけれど。これからも面白いアンソロジーを出し続けていく所存です。

——と、ここまで書いて……変わりがないなんてことはなかったのです。とても大きな変化というか……悲しいことがありました。

二〇二二年八月に、アミの会の大切な一員である光原百合さんがお亡くなりになりました。私と同い年、同学年。早すぎるよ、光原さん。

最後の作品は『おいしい旅 想い出編』の「旅の始まりの天ぷらそば」でした。

一年たっても信じられなくて、もしかしたら天ぷらそばを食べに、ちょっとした旅に出てしまったのかしら——と思うことがあります。のんびりとおいしいものを食べて、取材をして、また素敵な短編を書いてくれるような気がして……。

光原さんの作品を、どうか忘れないでいてほしいです。アミの会でご一緒できて、うれしかった。

いつかまた一緒に、面白いアンソロジー作りましょうね。

二〇二三年八月

松村比呂美（まつむら・ひろみ）
福岡県生まれ。２００５年、『女たちの殺意』でデビュー。作品に『幸せのかたち』『恨み忘れじ』『終わらせ人』『鈍色の家』『キリコはお金持ちになりたいの』『黒いシャッフル』など。

松尾由美（まつお・ゆみ）
石川県生まれ。１９８９年、『異次元カフェテラス』でデビュー。１９９１年、『バルーン・タウンの殺人』でハヤカワ・ＳＦコンテスト入選。作品に『九月の恋と出会うまで』『わたしのリミット』『嵐の湯へようこそ！』『ニャン氏の童心』『ニャン氏の憂鬱』など。

近藤史恵（こんどう・ふみえ）
大阪府生まれ。１９９３年、『凍える島』で鮎川哲也賞を受賞。２００８年、『サクリファイス』で大藪春彦賞を受賞。作品に『インフルエンス』『わたしの本の空白は』『みかんとひよどり』『それでも旅に出るカフェ』など。

矢崎存美（やざき・ありみ）
埼玉県生まれ。１９８５年、「殺人テレフォンショッピング」で星新一ショートショートコンテスト優秀賞を受賞。１９８９年、『ありのままなら純情ボーイ』で単行本デビュー。作品に『食堂つばめ』（全８巻）『繕い屋　月のチーズとお菓子の家』『ＮＮＮからの使者　猫だけが知っている』『湯治場のぶたぶた』など。

福田和代（ふくだ・かずよ）
兵庫県生まれ。２００７年、『ヴィズ・ゼロ』でデビュー。作品に『碧空のカノン』『侵略者《アグレッサー》』『繭の季節が始まる』『梟の一族』など。

大崎　梢（おおさき・こずえ）
東京都生まれ。２００６年、『配達あかずきん』でデビュー。作品に『よっつ屋根の下』『本バスめぐりん。』『横濱エトランゼ』『２７０００冊ガーデン』など。

二〇一九年四月　光文社刊

光文社文庫

アンソロジー　嘘《うそ》と約束《やくそく》

著　者　アミの会《かい》

2023年10月20日　初版1刷発行

発行者　三宅貴久
印　刷　堀内印刷
製　本　ナショナル製本

発行所　株式会社　光文社
〒112-8011　東京都文京区音羽1-16-6
電話（03）5395-8147　編集部
8116　書籍販売部
8125　業務部

落丁本・乱丁本は業務部にご連絡くだされば、お取替えいたします。
ISBN978-4-334-10076-6　Printed in Japan

組版　萩原印刷

光文社文庫最新刊

蘇れ、吉原 吉原裏同心(40)	佐伯泰英
神君狩り 決定版 夏目影二郎始末旅(十五)	佐伯泰英
闇先案内人 上・下	大沢在昌《ありまさ》
ヒカリ	花村萬月
宝の山	水生《みずき》大海《ひろみ》
アンソロジー 嘘と約束	アミの会
Jミステリー2023 FALL	光文社文庫編集部・編
あとを継ぐひと	田中兆子
人生の腕前	岡崎武志
ほっこり粥《がゆ》 人情おはる四季料理(二)	倉阪鬼一郎
迷いの果て 新・木戸番影始末(七)	喜安幸夫
岩鼠の城 定廻り同心 新九郎、時を超える	山本巧次